INHALT

*S*usanna Tamaro hat mit ihren Büchern Millionen von Lesern in aller Welt verzaubert. GEH, WOHIN DEIN HERZ DICH TRÄGT und ANIMA MUNDI sind Texte ganz ohne Vergleich; niemand hätte vor 20 Jahren vorausgesagt, dass es einmal Bücher dieser Art sein würden, die Menschen am Morgen eines neuen Jahrtausends in das Zentrum ihrer Gefühle und ihres spirituellen Hungers treffen.

Susanna Tamaro, die ebenso glanzvoll wie bescheiden eine neue Art von Literatur repräsentiert, hat Abschied genommen von der Art, wie „man" heute schreibt, Abschied vom Gestus selbstverliebter Sprachspiele, in denen die Schöpfer einer bestimmten Literatur vor allem eines inszenieren: sich selbst. Susanna Tamaros Bücher sind von ihren Leserinnen und Lesern sofort in ihrer existenziellen Kühnheit erkannt worden. Gegen den Chor derer, die uns einreden wollen, alles sei Oberfläche, die Welt nur Material, der Geist eine Laune der Evolution und Sinn das, was menschliche Freiheit daraus macht und dafür hält, erhebt sie ihre Stimme. Susanna Tamaro schämt sich nicht, das verpönte Wort „Sinn" in den Mund zu nehmen. Sie verstößt permanent gegen das Metaphysik-Verbot, das der Common Sense des Zeitgeistes erlassen hat.

Susanna Tamaro bewegt sich nicht in literarischen Zirkeln und schon gar nicht in irgendwelchen Szenen. Sie liebt das Leben mit Freunden, das Leben auf dem Land; sie liebt die Stille und sie liebt es, sich zurückziehen zu können in das Stück Einsamkeit, das sie braucht, um diese Kraft der Zärtlichkeit zu entwickeln, um diese tastenden Erkundungsgänge in das Mysterium der Wirklichkeit unternehmen zu können, derentwillen ihre Leserinnen und Leser sie lieben. Die Süddeutsche Zeitung schrieb von GEH, WOHIN DEIN HERZ DICH TRÄGT, dieses Werk sei „ein weises Lehrbuch der Gefühle". Das stimmt. Es ist Weisheit, durch die man beschenkt wird, wenn man einen Abend mit einem Buch von Susanna Tamaro verbringt.

Wie alle großen Schriftstellerinnen und Schriftsteller hat Susanna Tamaro eine tiefe Beziehung zu ihrer Kindheit, zum Kindsein überhaupt. Die platonische Idee, nach der im Kind der Mensch ganz bei sich ist, um sich später zu verlieren und erst in der mühevollen Arbeit der Erinnerung wiederzufinden, ist ihr nicht fremd. Verso Casa – Heimwege heißt dieses Buch, das zwei Essays und ein Gespräch des italienischen Journalisten Guiseppe Romano mit Susanna Tamaro in einem Band versammelt. So intim wie kaum an anderer Stelle spricht Susanna Tamaro hier von sich selbst. Tief steigt sie in den Brunnen ihrer Kindheit, schaut sich um in den Träumen, Ängsten, Geborgenheiten, dem Übermaß an Freude, den ersten Gewissheiten und bleibenden Fragen. Und sie schildert, wie aus den vielen Wegen, die sich ihr auftun, der eine unverwechselbare Weg des Menschen, der Künstlerin Susanna Tamaro wird. Es ist ein spiritueller Weg, freilich kein esoterischer Weg. So sehr Susanna Tamaro an die Kraft des Geistes glaubt, so fern ist sie aller verstiegenen Spekulation; sie steht mit beiden Beinen auf der Erde.

Menschen, die damit kokettieren, sich täglich neu zu erfinden und zu „kreieren", weil sie ohne Orientierung und aus allen Bindungen und Systemen der Ordnung herausgefallen sind, werden wenig mit Susanna Tamaro anfangen können. Stimmt es wirklich, womit Ernst Bloch sein „Prinzip Hoffnung" beschließt, dass da etwas ist, „das allen in die Kindheit scheint und worin noch niemand war: Heimat"? Susanna Tamaro würde vermutlich die erste Hälfte des Satzes unterstreichen und die zweite bestreiten. Das Kind in uns lügt nicht. Wir kommen aus Heimat und gehen in Heimat. Verso Casa!

Bernhard Meuser

I
DAS UNBEKANNTE
UND DAS GEHEIMNIS

Als ich klein war, litt ich viele Jahre unter einer ganz untypischen Form der Schlaflosigkeit. Die Vorstellung, die Sonne könne einmal für immer verlöschen, verfolgte mich die ganze Kindheit hindurch. Ich blickte mich um und sah: Die Menschen führten ihr Leben in einem Zustand der absoluten Unwissenheit. War es denn möglich, dass niemand die ungeheure Bedrohung wahrnahm, in der sich die Erde befand? War es möglich, dass alle zu Bett gingen und einfach so einschliefen, die Köpfe tief in die Kissen vergraben? Dass sie schliefen, ohne sich im mindesten bewusst zu werden, welch eine zerstörerische Abwesenheit ihre Ruhe umgab?

Um mich an die Dunkelheit zu gewöhnen, machte ich tagsüber manchmal bestimmte Übungen: Mit geschlossenen Augen tastete ich mich durch das Haus und berührte alle Gegenstände, um mich davon zu überzeugen, dass sie trotz der Dunkelheit nicht aufhörten zu existieren. Doch das Dunkel, das ich mir selbst auferlegt hatte, war einzig und allein mein Dunkel, eine Dunkelheit, die ich jederzeit unterbrechen konnte, es war nicht die Dunkelheit der Welt.

In meinen langen finsteren Nächten begann ich Skelette zu sehen. Sie tanzten fröhlich im Zimmer umher und machten die Vorhänge zur Bühne. Sie tauchten auf und verschwanden wieder, sie lachten und knirschten mit den Zähnen, und sie riefen nach mir.

Aus diesem Grund wollte ich abends nie zu Bett gehen.

Mit wem sollte ich über diese Dinge reden? In den Augen der anderen konnte ich den Ausdruck angstvollen Schreckens, der in meinen eigenen Augen lag, nicht entdecken.

Ich kannte jede Minute der Nacht, jede Minute hatte ihren eigenen Klang, jeder Augenblick seine individuelle Form des Schreckens. Da gab es den Beginn der Nacht, jene Stunden, wenn die Kinder schon in den Betten lagen, die Erwachsenen aber noch auf waren. Man hörte die Radio- und Fernsehgeräusche der Nachbarn, manchmal auch die erhobenen Stimmen einer Auseinandersetzung. Unter den Fenstern fuhren noch Autos vorbei, und in das Brummen der Motoren mischte sich von Ferne das Glockengeläut einer Kirche.

Dieser Teil der Nacht war noch erträglich. Doch dann kam die unsichtbare Grenze. Wie die Akteure eines Theaterstücks verschwanden die Bewohner des Hauses in ihren Zimmern, auf der Straße waren keine Autos mehr unterwegs, und nur selten, in immer größeren Abständen, fuhr ein Bus vorbei. Ich konnte sein Keuchen in der Steigung hören, das Schalten in einen anderen Gang und, unmittelbar danach, die Stille.

Eine riesige dunkle, flüssige Masse umhüllte alles und brachte es zum Schweigen. Nur die Glocken blieben übrig, doch ihr Klang vermochte mich nicht zu trösten. Die Skelette liebten das Läuten, die Schläge waren der Rhythmus, nach dem sie tanzten und ohne Unterlass wiederholten: „Du wirst sterben, ihr alle werdet sterben."

Wenn heute ein Kind derartige Phantasien äußerte, würde man wahrscheinlich mit ihm zu einem

Psychotherapeuten gehen, zu jemandem, der dem Kind mit Vernunft und Einfühlungsvermögen die Ängste zu nehmen wüsste.

Furcht vor der Dunkelheit, so sagt man, ist irrational, und Wahnvorstellungen von tanzenden Skeletten bewegen sich schon hart an der Grenze zum Pathologischen.

Doch stimmt das wirklich? Oder ist es nicht vielmehr der Wunsch nach Sicherheit, das Bedürfnis unserer Kultur, alles zu verstehen, was uns diese natürliche Angst leugnen lässt? Die Angst, die den Menschen in ihren Klauen hält, kaum dass er sich seiner selbst bewusst wird?

Im Buch Sirach heißt es: „Große Mühsal hat Gott den Menschen zugeteilt, ein schweres Joch ihnen auferlegt von dem Tag, an dem sie aus dem Schoß ihrer Mutter hervorgehen, bis zum Tag ihrer Rückkehr zur Mutter aller Lebenden: ihr Grübeln und die Angst ihres Herzens, der Gedanke an die Zukunft, an den Tag ihres Todes … Noch auf dem Bett der Ruhezeit verwirrt der nächtliche Schlaf ihm den Sinn. Bald wird er, nach einem Augenblick der Ruhe, von schrecklichen Träumen aufgejagt, bald in die Irre getrieben durch Vorspiegelungen seiner

Seele, wie ein Flüchtling, der dem Verfolger entrinnt."

Und tatsächlich war ich immer vollkommen erschöpft, wenn ich aus meinen kurzen und unruhigen Träumen erwachte, und diese Erschöpfung ließ im Laufe des Tages nicht nach, sondern verwandelte sich in eine permanente Gegenwart. Die Gegenwart des Todes, der alle Wesen erwartet, um sie mit sich in den Strudel aus Asche und Staub zu ziehen.

Die Nacht, die Dunkelheit, die Stille und das Entsetzen, das sie mir einflößten waren nichts anderes als die Erfahrung menschlicher Vergänglichkeit.

Welchen Sinn hat das Leben, wenn doch alles enden muss? – fragte ich mich schon damals.

Die Augen und Blicke der Erwachsenen um mich herum weckten in mir nicht die Kraft und den Mut, Fragen zu stellen. Es gab ohnehin schon genügend Unverständnis zwischen mir und der Welt der Erwachsenen, als dass ich noch welches hätte hinzufügen wollen. Außerdem hatte ich genau genommen schon einmal eine Antwort bekommen: „Du bist zu viel allein, deshalb kommst du auf all diese verrückten Ideen."

So quälte ich nachts meinen älteren Bruder mit endlosen Fragen.

„Wann wurde die Sonne geboren?", fragte ich ihn.

„Und wann die Sterne?"

„Und wie ist es möglich, dass das Licht auf der Erde an und aus geht wie eine Glühbirne?"

„Und wohin gehen die Menschen, wenn sie nicht mehr da sind?"

„Und die Skelette, sind sie gut oder böse?"

„Und wenn wir beide mal Skelette sind, sind wir dann immer noch Bruder und Schwester?"

Geduldig versuchte er, meine Fragen zu beantworten, zumindest eine Zeit lang. Dann protestierte auch er: „Jetzt reicht's aber! Warum versuchst du nicht zu schlafen?"

Ich spürte, dass im Sein ein großes Geheimnis verborgen lag. Ein Geheimnis, das ganz offensichtlich von allen ignoriert wurde. Ein Geheimnis, dessen Wahrnehmung mich unglaublich zerbrechlich machte.

Wann immer ich irgendeine Form des Lebens betrachtete, nahm ich unmittelbar und ohne nachzudenken auch ihre Vergänglichkeit wahr: Sie würden sterben, im Nichts verschwinden, diese Kätzchen, die so liebevoll von der Katze gesäugt wurden; und auch die Katze selbst würde sterben, genauso wie meine eigene Mutter sterben würde.

Die Zukunft war voller Hinterhalte. Hinterhalte, die Schmerzen bereit hielten und denen man sich selbst mit kühlem Kopf nicht entziehen konnte.

Wenn es den Tod gibt, welchen Sinn hat dann das Leben?

Und warum gibt es das Leben?

Im BUCH DER WEISHEIT steht geschrieben: „Kurz und traurig ist unser Leben; für das Ende des Menschen gibt es keine Arznei, und man kennt keinen, der aus der Welt des Todes befreit wurde. Durch Zufall sind wir geworden, und danach werden wir sein, als wären wir nie gewesen. Der Atem in unserer Nase ist Rauch, und das Denken ist ein Funke, der vom Schlag des Herzens entfacht wird; verlöscht er, dann zerfällt der Leib zu Asche, und der Geist verweht wie dünne Luft."

Worte der Heiligen Schrift. Worte jedoch, die – man beachte – den Gottlosen zugeschrieben werden.

Der Mensch, der ohne Gott lebt, kann das Geheimnis nicht sehen. Für ihn gibt es nur den jeweiligen Augenblick, der genutzt werden muss; jeder Augenblick hat sein Ende und muss ausgekostet werden, bevor er vorbei ist und uns im Nichts versinken lässt.

„So ist der Tod nie das, was dem Leben seinen Sinn gibt: Er ist im Gegenteil das, was ihm grundsätzlich jede Bedeutung nimmt", schreibt Jean-Paul Sartre in Das Sein und das Nichts.

In gewissem Sinne könnte dies die Grabinschrift des 20. Jahrhunderts sein.

Das Geheimnis hinter allem Sein zu leugnen ist die charakteristische Haltung von Menschen ohne Glauben. Der Atheismus ist nicht nur die Negation Gottes, sondern letztlich auch die Negation des Menschen. Spaltet man das Geheimnis von ihm ab, so reduziert man ihn auf eine leere Hülle; man beschränkt ihn auf das Äußerste, liefert ihn einer letzten Armut aus. Und vielleicht ist es gerade diese extreme Beschränkung, die Stolz und Ehrgeiz im Menschen anspornt. Er kennt ein lächerlich kleines Stück der Realität oder des Seins und verwechselt dieses Stück mit dem Ganzen.

„Staunen ist der erste Grund der Philosophie", sagte Aristoteles.

Hervorgerufen und verstärkt durch die Banalität des gegenwärtigen Denkens haben die heutigen Menschen das Staunen fast ganz verlernt – das erschreckendste Zeichen unserer inneren Armut.

„Gott ist tot und der Mensch endlich frei… Der Mensch stammt vom Affen ab… Der Zufall bestimmt den Lauf der Dinge… Das Gute und das Böse an sich gibt es nicht, alles hängt von der subjektiven Einschätzung des Einzelnen ab." Diese und viele andere vorgekochte Phrasen sind heutzutage essentieller, kaum jemals hinterfragter Bestandteil unserer Kultur.

Wie konnte es nur dazu kommen, dass uns die Kunst des Staunens abhanden kam?

Warum sehe ich heute lustlose und skeptische Kinder von sechs, sieben Jahren, die alles erklären können, alles wissen und alles besser wissen, die aber völlig unfähig zu diesem kleinen inneren Kick sind, den das Staunen auslöst?

Ich glaube, es spiegelt nur die allgemeine Überzeugung wider, dass wir im Grunde alle Antworten schon kennen und dass wir mittels der präzisen

Gesetzmäßigkeiten von Ursache und Wirkung alles verstehen und erklären können. Jede Aktion zieht eine Reaktion nach sich, und die Reaktion löst ihrerseits wieder eine neue Aktion aus. In dieser Kette ist kein Platz für das Geheimnis, kein Platz für das Überraschende.

Dabei würde es schon genügen, einmal ein einziges Leben herauszugreifen und darin einen einzigen Tag mit freiem Blick und klarem Geist zu betrachten, um zu begreifen, dass schlechthin *alles* Überraschung ist und das Unvorhergesehene sehr oft alle unsere schönen Pläne über den Haufen wirft.

Das war die zweite Etappe meines Weges: Staunen. Die Erklärungen, die ich in der Schule erhielt, befriedigten mich nicht.

Mit sieben, acht Jahren begann ich, mich umzuschauen, und je mehr ich sah, desto mehr Fragen formten sich in meinem Geist. Ich ging durch die Straßen und sah, wie Unkraut den Asphalt durchbrach, wie es wuchs und blühte und Insekten und Schmetterlinge anzog. Ich sah es dort zwischen den Füßen der Passanten, zwischen den Auspuffrohren der Autos, und ich fragte mich: Wer gibt ihm wohl die Kraft? Diese unglaubliche Kraft, die es schafft, selbst eine Asphaltdecke zu durchbrechen? Und abgesehen davon, dass das Unkraut wächst, warum erfreut es unsere Augen auch noch mit winzigen Blüten?

Je länger ich die Natur betrachtete, desto mehr ließ ich mich von all dem bezaubern, was um mich herum geschah. Die Skelette rückten in weite Ferne, verblassten zur Erinnerung an ein zerbrechliches Alter, ein Alter, in dem es noch nicht möglich war, die Erklärung der Dinge aus dem herzuleiten, was sich mir ringsum offenbarte.

Langsam nahmen die Farben und Formen der Natur meine Sinne und meinen Verstand in Beschlag, vertrieben die Düsternis der schlaflosen Nächte.

Sehr bald erfüllte mich das starke Verlangen nach Wissen; ich wollte die Dinge kennen lernen und einordnen können. Keinerlei Interesse hingegen empfand ich für die Dichtung, für phantastische Erzählungen oder für Literatur, wie man vielleicht denken würde. Meine einzige Leidenschaft, fast könnte man es schon Besessenheit nennen, waren die Erscheinungen der Natur, der Reichtum der Farben, die Vielfalt der Lebensformen.

Siehe auch
Reihold Messner durch Propt, Sinnsuche

Diese Vielfalt und dieser Reichtum versetzten mich und versetzen mich bis auf den heutigen Tag in einen Dauerzustand des Staunens.

Wenn man alles nur aus der Notwendigkeit herleiten würde, ökologische Nischen zu füllen, wären beispielsweise fünf- bis sechshundert Vogelarten völlig ausreichend. Doch in der Wirklichkeit gibt es Tausende. Tausende Insektenfresser, Tausende Körnerfresser, Tausende fleischfressende Raubvögel.

Dasselbe gilt für Insekten, für Säugetiere, für die verschiedenen Pflanzenarten.

In unseren gemäßigten Breiten sind wir an das Grau der Tauben gewöhnt, an das dunkle Gefieder der Amseln und das glanzlose Federkleid der Spatzen. An Arten, die unserem Klima und unserer Vegetation angemessen sind; an Formen, die in ihrer Bescheidenheit und Unauffälligkeit kein großes Erstaunen auslösen. Aber wenn wir uns die farbenfrohen Kolibris anschauen oder die Papageien der tropischen Zonen, die Leierschwänze und die großen Schmetterlinge der Amazonasgebiete, so müssen wir feststellen, dass ihr hervorstechendes Merkmal die Schönheit ist, und zwar eine Schönheit, die dadurch noch gewinnt, dass sie nichts kostet. Ist das nicht Grund genug zum Staunen? Wenn alles nur auf dem Prinzip von Ursache und Wirkung beruht, wie lässt sich dann Schönheit erklären? Und die Vielfalt der Formen, in denen die Schönheit sich manifestiert? Für was ist Schönheit ein Zeichen?

Außer dass sie nichts kostet, weist die Schönheit eine weitere Eigenschaft auf. Sie zeigt sich nur im Glanz des Lichts. Licht lässt die Samen keimen und lockt die Pflanzen in die Höhe, Licht stimuliert die Hypophyse und bringt die Hormone rechtzeitig zur Paarungszeit in Wallung.

Licht lässt das Gefieder der Kolibris smaragdgrün leuchten. Und Licht erst macht es möglich, dass wir mit unseren Augen diese unendliche Vielfalt der Dinge wahrnehmen können.

„Es werde Licht", heißt es in der Genesis. „Und es wurde Licht. Gott sah, dass das Licht gut war. Gott schied das Licht von der Finsternis."

Die Schönheit der Dinge und die Unvorhersehbarkeit des Lebens haben wir selbstverständlich immer noch beständig vor Augen, doch wir haben verlernt, sie zu schauen.

In meiner Jugend unternahm ich gern lange einsame Spaziergänge. Ich liebte es, in den Bergen zu wandern oder am Strand entlang zu gehen. Damals schien es mir, als verweise all das Großartige, die unermessliche Weite des Horizonts, unmissverständlich auf die Größe dessen, der das Universum erschaffen hat. Doch in dieser maßlosen Weite riskierte man auch, sich zu verirren, wenn man eine bestimmte Grenze erst einmal überschritten hatte.

Vielleicht war genau das der Grund, warum ich begann, meinen Blick auf das Kleine zu richten, ja auf das Winzige.

„Schauen Sie diese Mangoldsamen an", sagt Schwester Irene zu Walter am Ende von ANIMA MUNDI, „schauen Sie, wie unschön sie sind, ja geradezu hässlich. Wüsste man nicht, worum es sich handelt, könnte man sie für die Exkremente irgendeines kleinen Nagers halten. Dabei ist in diesen wenigen Kubikmillimetern Materie alles enthalten. Geballte Energie und ein Wachstumsplan. Die großen grünen Blätter, die dem Gartenboden im Juni Schatten spenden, sind hier schon drin. Viele Menschen bewegt der Anblick großer Weiten, der Berge oder des Meeres. Nur so fühlen sie sich im

Einklang mit dem Atem des Universums. Mir ist es umgekehrt ergangen. Mir offenbart sich die schwindelerregende Unendlichkeit in den kleinen Dingen."

Wer der Materie auf den Grund geht, die chemischen und physikalischen Spuren des Lebens erforscht, wird unmittelbar erfasst vom Strudel des Unendlichen. Kann es denn sein, dass sich die ersten Makromoleküle rein zufällig zu Ketten verbunden haben? Und wie wurden aus diesen einfachen Formen die Doppelschrauben aus Proteinen und Aminosäuren, aus denen alle existierenden Lebensformen aufgebaut sind? Der Wal hat genauso eine DNA wie die Heuschrecke, der kleinste Faden einer Flechte ebenso wie die Eiche. Und genauso der Mensch.

Jeder Mensch besitzt seine ganz eigene DNA. In ihrem Aufbau ist die Stimme der Großeltern ebenso festgeschrieben wie die Augenfarbe der Vorfahren der vierten Generation, die Körpergröße, die Form der Hände, die mathematische Begabung oder künstlerische Ader, das Temperament, die Veranlagung für bestimmte Krankheiten und viele andere Dinge, von denen wir noch nichts wissen.

Die DNA ist sozusagen der Abdruck unseres Lebens, in ihr sind alle Wege festgeschrieben, die wir begehen können.

Nicht ohne Grund habe ich „können" gesagt, nicht „müssen". Denn ich bin überzeugt davon, dass die genetische Anlage uns lediglich einen Hinweis auf unser Leben gibt. Es liegt an uns, mit Hilfe unseres Gewissens und unseres Willens unseren Weg auf die bestmögliche Art zu gestalten.

Und wie kann es sein, dass man hinter unserer Einzigartigkeit keine Absicht sieht, nicht jemanden wahrnimmt, der uns beim Namen ruft? Jemanden, der uns durch seinen Anruf zu Mitwissern und Trägern eines Geheimnisses macht?

Dieses Geheimnis – darf ich es das Geheimnis des Lebens nennen? – ist ein Geheimnis, das größer ist als das Geheimnis des Todes. Die Tatsache, dass es uns gibt, dass wir zum Sein „gerufen" sind, birgt eine solche Kraft in sich, dass selbst die Vorläufigkeit des Lebens nicht dagegen ankommt. Man könnte sogar sagen: Dadurch, dass es uns gibt und dass wir leben, existiert der Tod nicht wirklich.

Die heute verbreiteten Denkmuster erklären normalerweise alles mit dem Zufall. Aber was genau ist Zufall?

Was zufällig geschieht, geschieht ohne Absicht. Zwei Moleküle ziehen sich „zufällig" an, so wie sich zwei Menschen „zufällig" begegnen, sich ineinander verlieben, weil „die Chemie zwischen ihnen stimmt". „Zufällig" treffen ihre Ei- und seine Samenzelle aufeinander, und „zufällig" entsteht aus dieser Begegnung ein weiteres Lebewesen, das „zufällig" die blauen Augen des Großvaters und die Vorliebe für Botanik des Urgroßvaters haben wird.

Beim Zufall ereignet sich alles durch das Zusammentreffen beliebiger Umstände. Es gibt keinen Plan, keine Wahl, nur eine unaufhörliche Abfolge zufälliger Bewegungen, die sich jedoch verwunderlicherweise mit absoluter Zuverlässigkeit seit Anbeginn des Universums wiederholen.

Ich zum Beispiel bin ein höchst unordentlicher Mensch. Wenn ich mich nicht willentlich dazu zwinge, verwandelt sich der Raum um mich herum innerhalb kürzester Zeit in ein wahres Chaos. Wenn ich die Dinge im Raum also dem Zufall überlasse, schaffe ich, ohne es zu wollen, Unordnung. Um sie in Ordnung zu verwandeln, muss ich eine Wahl treffen und einen Willensakt vollbringen: die Zoologiebücher auf die eine Seite, die Buntstifte auf die andere, die T-Shirts in die Schublade und die Jacken in den Kleiderschrank.

Der Zufall schafft folglich Unordnung, und der Wille schafft Ordnung. Und es scheint mir ziemlich offensichtlich zu sein, dass im Universum eine gewisse Ordnung herrscht.

Das Hebräische, die Sprache der Bibel, kennt das Wort „Zufall" nicht. Im Italienischen stammt das Wort für „Zufall", ähnlich wie im Deutschen, von dem Verb „fallen" ab (caso, cadere).

Aber Fallen ist, so sagen es die Naturgesetze, eine Bewegung von oben nach unten; es ist keine horizontale Bewegung. Ich falle nicht von rechts nach links und auch nicht von Ost nach West.

„Geheimnisvolle und in den Zeiten versunkene Gründe menschlichen Handelns", so formulierte Pietro Bembo im 16. Jahrhundert, als er über den Zufall nachdachte.

Geheimnisvoll und versunken. Also etwas, das vor unserer Zeit war und das wir nicht kennen.

So ist schließlich „Zufall" nur ein anderes Wort für „Geheimnis". Ein Wort allerdings, das im Unterschied zu „Geheimnis" unser Gewissen beruhigt und uns das Gefühl gibt, uns besonders clever von den Vorurteilen und Ketten befreit zu haben, die jahrhundertelang die schöpferische Kraft des Menschen behinderten.

Wenn alles rein „zufällig" geschieht, welche Bedeutung haben dann noch meine Entscheidungen? Warum muss ich mich um die Ausbildung und Stärkung meiner guten Seiten bemühen? Wenn wir „zufällig" auf den Roulettetisch des Lebens geworfen wurden und „zufällig" wieder weggewischt werden, welchen Sinn hat dann unser Handeln zwischen Geborenwerden und Sterben?

Ein Leben, das sich am Zufallsprinzip orientiert, bleibt in der Schwebe zwischen Langeweile und Angst vor dem Ende. Ein solches Leben ist nur oberflächlich gesehen frei, denn die wahre Freiheit ist die Freiheit von der Furcht vor dem Tod.

Wenn sich den Menschen im Laufe ihres Lebens nicht immer neue Horizonte auftun, klammern sie sich in ihrer Verwirrung an die weniger wichtigen Dinge. Dinge, die zumindest für den Augenblick so etwas wie Verwurzelung vortäuschen: Erfolg, Geld, Attraktivität, Macht.

Werte dieser Art dominieren unser geistiges Klima, und viele Menschen geben sich ihnen unter größten Opfern hin. Doch in solchen Dimensionen zu leben bedeutet, in Spaltung mit sich selbst zu existieren. Die Spaltung der Person ist kein Weg, sie gibt nur vor, einer zu sein. Sie ist eine Sackgasse.

Der Mensch, gespalten in seiner Bestimmung, die Erlösung zu finden, ist blind. Er irrt durch seine Tage, ohne jemals ihre wahre Fülle zu entdecken, und er beschließt sie mit einem Gefühl der Enttäuschung.

Was ist so ein Leben? Eine atemlose Jagd auf ein Ziel hin, das sich schließlich als das Nichts herausstellt?

„Windhauch, Windhauch", sagte Kohelet, „das ist alles Windhauch."

Und ist es nicht auch Windhauch, wenn man sich dem Geheimnisvollen überlegen fühlt oder es als zu einfach leugnet?

Das 20. Jahrhundert wollte das Jahrhundert der großen Befreiung des Menschen sein. Um den Menschen zu erhöhen und ihn über alles zu stellen, hat man den Himmel entvölkert und auf der Erde leicht erreichbare Paradiese errichtet.

Aber ein Himmel ohne Gott zieht die Götzen an. Die Götzen der Ideologie, die Götzen der Macht und des Besitztums, die Götzen der Selbstverwirklichung. Und in neuerer Zeit: die Götzen der Esoterik, die Götzen der Anbetung der guten und geheimnisvollen Kräfte des Kosmos, Kräfte, zu denen man Kontakt aufnehmen kann und von denen man sich einen konkreten Nutzen verspricht.

Die Esoterik erkennt die Existenz des Geheimnisses an, aber sie macht sich das Mysterium nach ihrer Façon zurecht. Der esoterische Weg operiert mit der Illusion inneren Friedens, der Illusion von Verständigung, der Illusion von einem höheren Leben, das sich über alles andere Leben erhebt.

Die rasante Verbreitung, die verschiedene esoterische Strömungen im Augenblick finden, ist ein wichtiges Zeichen, denn sie deutet auf einen Überdruss am Materialismus hin. Und doch ist es eine Sackgasse, wenn Menschen glauben, sich auf dem

Weg angenehmer Rituale und positiver persönlicher Erfahrungen des Unglaublichen bemächtigen zu können.

Der spirituelle Weg hingegen gibt sich nicht mit einfachen Formeln und billigen Versprechungen zufrieden; er ist die Herausforderung zu einem beständigen Aufstieg, zu einem immer neuen Kampf mit dem, was sich an Hindernissen in den Weg stellt.

Der innere Weg, der zur Freiheit führt, ist der Weg dessen, der den Mut hat, den Blick zum Himmel zu erheben und die eigene Schwäche und die eigene Zerbrechlichkeit einzugestehen. Er ist der Weg des Menschen, der um seine Schwäche und Zerbrechlichkeit weiß, der aber seinen Namen laut und deutlich rufen hört und darauf antwortet: „Wer ist es, der mich ruft? Wer ist es, der mich kennt?"

Dann entdeckt man, dass es neben dem Ich auch noch ein Du gibt. Das bedeutet beten.

Und das ist die Geburtsstunde dieses einzigartigen Weges.

Dieses stets gleichen und stets verschiedenartigen Weges, der zu einem Leben in Freiheit führt, in Wahrheit und in der tiefen Gewissheit, das Kind eines liebevollen Vaters zu sein.

II
KEINE FARBE,
SONDERN EIN LICHT

Als ich eingeladen wurde, zu Ihnen über Gerechtigkeit und Vergebung zu sprechen, verspürte ich einen leichten Anflug von Unsicherheit. Ich bin von Natur aus eher unsicher, und immer wenn ich vor einer neuen Aufgabe stehe, misstraue ich meinem eigenen Können. Meine innere Stimme lässt dann oft nicht locker: „Das ist nichts für dich, das kannst du nie, sag ab."

Diesmal war sie sogar noch aufdringlicher: „Bist du etwa Juristin?" Nein. „Theologin?" Nein. „Moralphilosophin?" Nein. „Bist du denn wenigstens eine reuige Mörderin?" Auch nicht. „Also lass die Finger davon, bevor du dich bis auf die Knochen blamierst, sag ab, und zwar schnell!"

Im Laufe der Jahre habe ich gelernt, nicht mehr so oft auf meine innere Stimme zu hören, doch diesmal schien es mir, als sei sie im Recht. Wie hätte ich mich ohne ausreichende Vorbereitung einem solch schwierigen Thema stellen können?

Schriftstellerin zu sein ist schon eine merkwürdige Sache. Man weiß unglaublich viele Dinge, doch nichts zeichnet einen besonders aus. Man kann keine akademischen Erfolge vorweisen. Kein Diplom, keinen Doktortitel kann man als schriftlichen Beleg seines Wissens herumzeigen.

Während unseres gesamten Lebens schweifen wir immer nur umher. Gehen hierhin und dorthin; nehmen hier einmal etwas mit und lassen es dort liegen, aber letztlich macht es keinen Unterschied. Wir streifen durchs Leben wie ausgelassene Hunde, die eine für die meisten anderen unsichtbare Spur verfolgen.

Am Ende ist dann ein Buch entstanden, besser gesagt etwas, das zuvor noch nicht existierte. In der Regel spiegelt ein Roman kein starres Wissen, keine eindimensionale Sicht der Dinge wider, sondern vielmehr die gesamte Komplexität, den Fluss und den Reichtum des Lebens. Und, mit ein wenig Glück, auch die Poesie.

Als ich in aller Ruhe darüber nachdachte, wurde mir klar, dass man mich nicht ohne guten Grund zu dieser Veranstaltung eingeladen hatte.

Alle meine Bücher – die für erwachsenes Zielpublikum genauso wie die für Kinder – handeln von Versöhnung.

So versöhnt sich beispielsweise die Protagonistin in der Erzählung Love, am Ende ihres langen Lebens weise geworden, schließlich mit sich selbst.

Da sie ihre Nichte um Verzeihung bitten – und weil sie sich mit ihrer Vergangenheit versöhnen möchte, schreibt die Großmutter in Geh, wohin dein Herz dich trägt den langen Brief.

In Tobias und der Engel versöhnt Martina sich mit ihren Eltern.

Und die letzten Sätze in Anima mundi sind die des Friedensgebets des Franz von Assisi: „Wer verzeiht, dem wird verziehen. Wer stirbt, der wird zum ewigen Leben geboren."

Und so hat es schon seine Richtigkeit, dass ich hier stehe, da sich doch mein ganzes erzählerisches Schaffen mit dem langen Weg auseinandersetzt, der zur Versöhnung führt. Merkwürdigerweise war ich mir dessen aber bis heute nicht bewusst, zumindest nicht in dieser Klarheit.

Als ich in mir das Talent zum Schreiben entdeckte, wurde mir klar, dass die Leichtigkeit, mit der mir die Worte und Gedanken zufielen, keineswegs dazu bestimmt war, nur an der Oberfläche zu verweilen und malerische Landschaften zu zeichnen, sondern vielmehr dazu, Schneisen zu schlagen, tiefer zu graben, Tatsachen auf den Grund zu gehen und zu versuchen, die im Dunkeln liegenden Dinge zu beleuchten.

Auch wenn ich Zeit meines Lebens weder Philosophie noch Theologie studiert habe – zumindest nicht auf akademischem Niveau – war ich schon immer auf der Suche; ich wollte stets in das Herz der Dinge schauen und das Verborgene erforschen und ans Licht bringen.

Dieses Grundbedürfnis verspüre ich seit meiner frühesten Kindheit, noch bevor ich eingeschult wurde. Ich betrachtete die Menschen und verspürte eine gewisse Beklemmung: Sie waren trübsinnig, unglücklich und gereizt, und ich konnte mir beim besten Willen nicht erklären, warum.

Tief in mir empfand ich eine vollkommene Freude, eine Art von sonniger Fröhlichkeit, aber um

mich herum herrschten nichts als Unvollkommen-
heit, Verwirrung und Schwermut. In der klaren
Welt meines kindlichen Herzens erschien alles so
einfach: In meinem Inneren fand ich eine Flut an
Liebe und Licht vor. Diesem Licht musste man nur
folgen. Besser gesagt, man hätte ihm folgen müssen.

Warum machten das die Erwachsenen nicht einfach? Warum war dieses Licht in ihnen mit einem
Flackern verloschen? Oder war es etwa längst
erstickt? Warum all dieser Schmerz? Und vor allem,
warum so viel unnötiger Schmerz?

Ich bin geboren und aufgewachsen in einer Welt
voller Hass, in einer Zeit, in der die beißenden
Rauchwolken des Krieges sich erst seit recht kurzer
Zeit verflüchtigt hatten. Ich machte meinen Weg,
und wo ich auch hinkam, spürte ich das Erdreich
zittern, zittern wie etwa in Pozzuoli. Ich konnte
zwar mit den Augen nichts wahrnehmen, doch ich
spürte, welche unerträgliche Spannung in der Luft
lag: Menschen, die ihr Leben lebten und sich dabei
selbst fremd waren. Entweder sie reagierten in ganz
unangemessenen Ausbrüchen von Gefühlen, oder
sie zogen sich in Apathie zurück.

Natürlich wusste ich damals noch nichts von Geschichte. Ich wusste nichts von all dem Schrecken, der sich auf unseren wenigen Quadratkilometern abgespielt hatte. Genauso wie ich auch nichts von Jesus wusste, von Erlösung oder vom Heiligen Geist. Doch ahnte ich mit meinem naiven kindlichen Verstand bereits, dass der Lebensweg eines Menschen niemals nur geradeaus, sondern oft auch über Umwege führt.

In meinem Umfeld wurde ständig von Krieg gesprochen. Vom Ersten Weltkrieg – in dem der Großvater gekämpft hatte – und auch vom Zweiten Weltkrieg mit den schweren Bombardements, den Deportationen und dem todbringenden Wahnsinn. Der Erste Weltkrieg erschien mir so unendlich groß und wüst, dass der Zweite ihn meines Erachtens unmöglich übertroffen haben konnte. Doch stattdessen hörte ich aus den Erzählungen meines Großvaters heraus, dass er ungleich grausamer und blutiger als der Erste Weltkrieg gewesen war. Und das war noch lange nicht das Ende. Wenn es einen Ersten und einen Zweiten Weltkrieg gegeben hatte, dann würde es mit Sicherheit auch einen dritten und vierten geben, so als hätte eine jede Generation der Gleichheit und Gerechtigkeit wegen ein Anrecht auf ihre Leidensphase.

Diese Konfrontation mit der Grausamkeit des Todes hat mich von Kindesbeinen an sehr beschäftigt. Ich machte mir viele Gedanken über die Schlechtigkeit und den Hass auf der Welt, über die zahlreichen Verwüstungen im Leben eines jeden Menschen und über die Möglichkeit, etwas zu unternehmen und den Kreislauf irgendwie zu durchbrechen. Ich habe auch viel über die Gleichgültigkeit nachgedacht. Denn schließlich ist sie eine der breiten Straßen, die auf direktem Weg ins Verderben führen.

Am Sonntag pilgerte der Großvater mit uns Enkeln immer wieder zu den Kriegsschauplätzen hinaus. Wir pflückten Primeln und Alpenveilchen, wo vor Jahr und Tag grausame Gemetzel stattgefunden hatten.

Unter dem Gras verborgen lagen noch die Lauf- und Schützengräben.

„Genau hier bin ich verwundet worden", erzählte er uns bei einem dieser Spaziergänge, „und hier haben wir mit der blanken Waffe gegen den Feind gekämpft."

Seine Worte zeugten weder von großer Redekunst noch von Hass. Er war nun einmal Soldat gewesen. Obwohl er mit ziemlicher Sicherheit an blutigen Aktionen beteiligt gewesen war, so sprach er davon zumindest nicht. Er betrachtete den Krieg als ein trauriges und furchtbares Ereignis, dem er sich nicht hatte entziehen können.

Doch unter diesem glühenden Erdboden lagen nicht nur Millionen von Toten aus den beiden Weltkriegen, sondern auch die riesigen Dolinen, trichterförmige Vertiefungen der Erdoberfläche, in denen Hunderte und Aberhunderte Menschen zum Großteil bei lebendigem Leibe begraben wurden. Ich lief stets sehr vorsichtig darauf herum, um die Ruhe der Toten nicht zu stören.

„Die sind alle randvoll", erzählte mir mein Bruder, der wusste, wie leicht ich zu beeindrucken war.

Ich wusste, dass auch eine entfernte Verwandte unserer Familie in einer solchen Doline ihr Ende gefunden hatte. Sie hatten sie in ihrem Haus verhaftet und anschließend dorthin gebracht.

„Warum?", hatte ich eines Tages gefragt.

„Weil sie eine Liberale war", lautete die Antwort.

So habe ich von dem unendlichen Unheil erfahren, das sich in den Mantelfalten unserer Geschichte festgesetzt hat.

Und dann entdeckte ich, dass sich das Böse noch in ganz anderen Grausamkeiten entlud: etwa in purem, blankem Hass – Hass zwischen Menschen – Hass, der sich gegen Angehörige bestimmter ethnischer und ideologischer Gruppen ebenso wie gegen Andersdenkende richtete. Hass vernichtet; er bringt Menschen, Väter und Söhne, Geschwister und Freunde aus Kindertagen, dazu, sich gegenseitig umzubringen.

Nach und nach machte sich die Gegenwart des Bösen in mir breit. Wie bei einer zeitweisen Verdunkelung des Himmels, so wurden irgendwann alle anderen Gedanken von der tyrannischen Präsenz dieser Idee überschattet.

Immer wieder sagte ich mir, dass ein böses Prinzip die Welt beherrscht. Wie ein Wurm frisst sich dieses Prinzip in die Herzen und Blicke und lässt sie schließlich vertrocknet, leer und finster zurück. Die wenigen Menschen, die sich für das Gute entschieden haben, sind dazu bestimmt zu unterliegen.

Auf der ganzen Erde ist keine Rettung vor diesem

Prinzip in Sicht, und vielleicht ist sogar der Himmel leer, so sagte ich mir.

Treibt einen die Betrachtung des Bösen in der Welt nicht fast automatisch zum Atheismus? Wenn Gott Liebe bedeutet, wo ist dann die Liebe in der Welt? Gott hat sie doch geschaffen. Wenn Gott tatsächlich gut und barmherzig ist, warum lässt er dann diese wahnsinnige Vernichtung zu?

An diesem Punkt hören viele Menschen auf, weiter nachzufragen. Ihnen genügt die Erkenntnis, dass es Gott nicht gibt, oder dass er zu ungerecht ist, um ernsthaft in Betracht gezogen zu werden.

Auch ich hätte auf dieser Stufe der Enttäuschung und des Ressentiments stehenbleiben können. Dennoch spürte ich, dass ich gerade jetzt weitergehen musste. Auf diesem Niveau stehenzubleiben, hätte bedeutet, die Reise meines Lebens fortan in einem Wagen mit verdunkelten Fenstern zu verbringen.

Es wäre eine Reise der inneren Armut und kleinen Gefühle geworden.

Ein Teil dessen, was ich aus meiner Kindheit als intuitive Gewissheit in mir trug, war noch lebendig in mir, sie funkelte wie eine kleine, aber keineswegs schwache Flamme. Sie flackerte hartnäckig, wollte sich nicht auslöschen lassen.

Die Antworten, die mir der Katechismus auf meine Fragen gab, befriedigten mich nicht. Ich fühlte mich behandelt wie ein dummes kleines Mädchen. Es gab unzählige leere Formeln und Floskeln und vorgestanzte Antworten, die klangen, als stammten sie aus einer dieser Fernsehrateshows.

Niemand war da, der mich begleitet oder mich aus meiner Unruhe herausgeführt hätte.

„Warum gehst du nicht ein bisschen spielen?", sagte man mir, „statt Fragen zu stellen, für die du entschieden zu klein bist?"

Doch ich sehnte mich nach Wahrheit. Ich suchte nach der Wahrheit meines Lebens, der Wahrheit *in* meinem Leben. Ich forderte eine Wahrheit ein, die mich auch die Wahrheit aller anderen Lebensgeschichten begreifen ließ.

Als ich älter wurde, hat man mich irgendwann wissen lassen, die Wahrheit existiere gar nicht – es gebe vielmehr ungefähr ebenso viele Wahrheiten wie Menschen. Dieses Suchen nach der Wahrheit sei naiv und nutzlos, gewissermaßen ein infantiler Wesenszug.

Die Wirklichkeit, sagte man mir, sei Ausdruck einer komplexen Ganzheit: Sie bestehe aus einem Gewirr von Strukturen und Überstrukturen – einem wahren Labyrinth, in dem man sich mit Leichtigkeit verirren könne. Besser: in dem man sich verirren *müsse*. Intelligenz bestehe darin zu wissen, wie man sich in dieser ungeheuren Vielfalt von Hypothesen fortbewegt, ohne sich eine einzige von ihnen zu Eigen zu machen.

In der Phase des Übergangs zur Jugend ist man äußerst zerbrechlich und unsicher; man hat Angst, nicht akzeptiert oder als dumm angesehen zu werden. Daher gab auch ich mir Mühe, mich dieser reduzierten Sicht der Dinge anzupassen, allerdings mit eher bescheidenem Erfolg.

Die Menschen rings um mich, die mit so großer intellektueller Gewandtheit auf mich einredeten, empfanden den gleichen tiefen Schmerz, der mich in meiner Kindheit gequält hatte; das spürte ich. Ihr Weg wies Unstimmigkeiten auf, ihr Handeln zeugte von wirrer Beliebigkeit. Sie sprachen über das menschliche Schicksal als seien sie die Herren der Dinge und vom Zynismus wie von einem

Gefühl der Prüfung. Der niedrige und dunkle Horizont, in dem sie sich bewegten, gab auch den Rahmen ab, in den sie das Denken der anderen hineinzupressen versuchten. Sie gefielen sich darin, jeden Andersdenkenden lächerlich zu machen, und sie besaßen die Fähigkeit, jede nichtkonforme Meinung auf der Stelle in die Schranken zu weisen.

Nichts liebten sie mehr, als über andere zu urteilen. Doch in jedem Urteil liegt immer eine Spur Verachtung.

In diesen Jahren der inneren Verwirrung habe ich nicht aufgehört, an Gott zu glauben, obwohl mich der Katechismus desillusioniert hatte. Ich wusste noch nicht, welches Gesicht dieser Gott hat – dafür war ich zu gefangengenommen von der Allmacht des Bösen in der Welt – doch trug ich, wohin ich auch ging, immer ein Evangelium mit mir herum. Ich konsultierte es immer wieder. Denn ich wollte der Wahrheit auf die Spur kommen.

Ich kam an einen Punkt, an dem mir nichts mehr von all dem, was um mich herum geschah, entsprach. Ich konnte mein unerfülltes Leben nicht länger ertragen und zog mich schließlich nach Israel, in ein kleines Dörfchen zurück, um weit entfernt von Dingen und Menschen nachzudenken.

Dort fand ich Stille und Abgeschiedenheit. Innerhalb kürzester Zeit und ohne irgendeine Anstrengung blühte meine kindliche Sichtweise wieder auf, dieser reine Blick, der einzig und allein von der Freude am Sein bestimmt war.

Dort unten habe ich mit jeder Faser meines Körpers und meiner Seele die absolute Präsenz des Heiligen Geistes wahrgenommen.

Da verstand ich: Das Herz ist die Mitte von allem. Und dieses mein Herz war – wie das wohl bei allen Menschen so ist – viel zu lange mit Ballast beladen: mit dem Ballast meiner Ignoranz, meiner inneren Wirren, meiner Entfremdung.

Die Wahrheit hat sich mir in ihrer absoluten Fülle wahrnehmbar gemacht. Und sie tauchte mir plötzlich jede Kleinigkeit in ein helles Licht.

Was hat all dies nun mit Vergebung zu tun? Ich musste das Böse und den Hass hinter mir lassen, um die Gnade in all ihrer Größe erfahren zu können.

Doch die Vergebung?

Oftmals denkt man, Vergebung müsse man vor allem demjenigen entgegenbringen, der einen in schwerwiegender Weise verletzt hat – so zu handeln gehört sicherlich zu den vornehmsten Formen der Vergebung.

Oder aber man denkt, Vergebung sei die Verpflichtung zur Nachsicht einem Menschen gegenüber, der sich eines Vergehens schuldig gemacht hat – sozusagen die zuckersüße Überlegenheit derer, die sich als bekennende Christen in der Tugend, dem Gegner auch die andere Wange hinzuhalten, üben müssen.

Für mich hat das alles mit wahrer Vergebung noch nichts zu tun. Es ist wie eine schlechte Karikatur eines wesentlich reicheren und komplexeren Gefühls.

Ganz selten dagegen begreift man Vergebung als etwas, das man auf sich selbst anwenden muss.

„Versöhnt euch mit euch selbst, versöhnt euch mit eurer Kindheit. Ohne Versöhnung kann es weder Freiheit noch Liebe geben", rief Frère Roger den Zuhörern beim Jugendtreffen von Taizé zu, das letzten Dezember in Mailand stattfand.

Er hat ja so Recht. Ich denke, das Wort Ver-

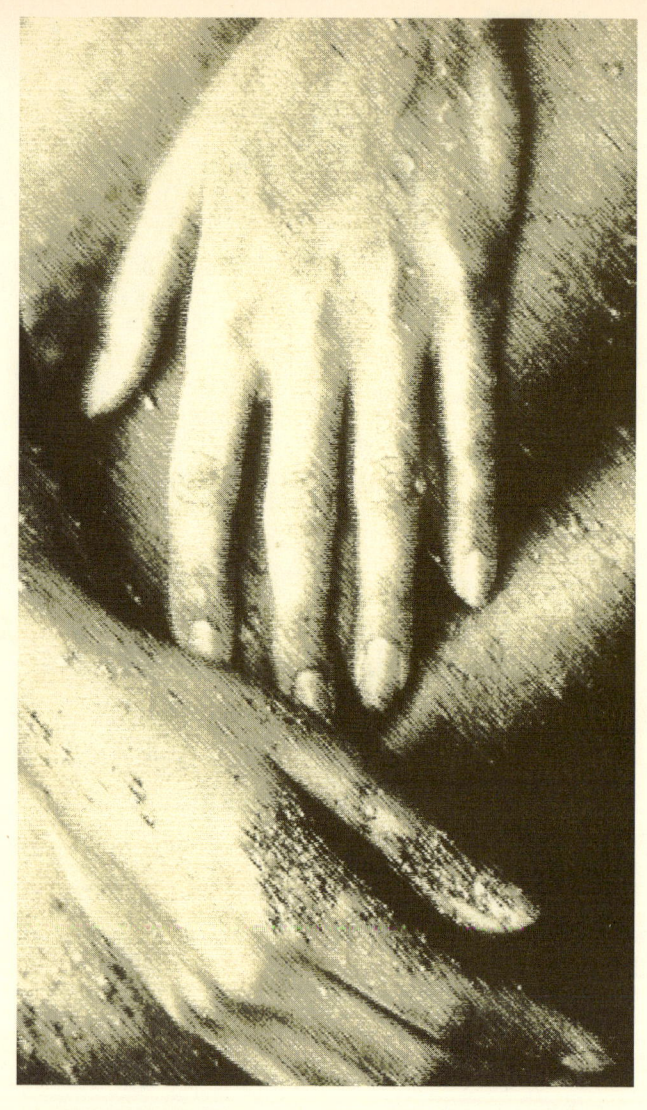

söhnung ist der entscheidende Schlüssel zum Verstehen.

Doch was bedeutet Versöhnung genau?

Versöhnung ist ein langer Weg, der damit beginnt, die eigenen Schwächen zu erkennen und seine Vergangenheit zu akzeptieren, wie immer sie aussehen mag.

Dies ist der Weg, der den Menschen wirklich frei macht und zu wahrer Liebe befähigt.

Der versöhnte Mensch, der Mensch, der verzeihen kann, ist vor allen Dingen ein Mensch, der keine Verteidigungslinien und Barrieren vor sich aufbaut, ein Mensch, für den die Wahrheit nicht nur entweder schwarz oder weiß ist.

Ein mit sich selbst Versöhnter weiß, dass die Wahrheit keine Farbe, sondern ein Licht ist. Ein helles Licht, das überall hin strahlt, das erwärmt, erleuchtet und jeder Kleinigkeit etwas Großartiges verleiht. Deshalb glaube ich auch, dass Vergebung keine Demonstration menschlicher Großherzigkeit ist. Vergebung ist viel eher ein langer und beschwerlicher Weg fortschreitender Selbstentblößung. Er bringt uns aber dazu, Mensch zu werden und unsere Bestimmung in Fülle zu leben.

Ich habe das Gleichnis vom verlorenen Sohn schon immer sehr gemocht, so sehr, dass ich es mehr als einmal in meinen Büchern zitiert habe. Es zählt zu den bekanntesten Gleichnissen des Lukasevangeliums. Gerade deshalb sind wir – wie es mit besonders bekannten Dingen häufig geschieht – in der Gefahr, dass es an uns abgleitet, ohne dass wir die in ihm enthaltene hohe Dosis an Provokation noch wahrnehmen.

Die Geschichte ist jedermann bekannt: Da ist dieser Sohn ohne Disziplin und Anstand, einer von denen, die es an jedem Ort und zu jeder Zeit gibt. Eines Tages verlangt er von seinem Vater sein Erbteil. Er zieht in ein fernes Land und versucht sein Glück. Doch die Dinge laufen nicht sehr gut für ihn, und so ist er nach kurzer Zeit gezwungen, nach Hause zurückzukehren und sich seinem Vater als Knecht anzudienen.

Anstatt ihm die Tür vor der Nase zuzuschlagen, wie es sicherlich nicht wenige getan hätten, empfängt ihn der Vater mit offenen Armen und lässt aus Freude über die Rückkehr seines verloren geglaubten Sohnes ein rauschendes Fest ausrichten, ungeachtet übrigens der Empörung des älteren Bruders;

der ist nämlich, wie es die Tradition des Gehorsams verlangt, als der brave Sohn zu Hause geblieben.

Die Geschichte wirkt auf den ersten Blick so simpel; sie ist meiner Ansicht nach aber eine mächtige Metapher für unsere heutige Zeit.

In den letzten beiden Jahrhunderten hat der Mensch – was ihm nie zuvor einfiel – in einem Prozess fortschreitender Tollheit die Intelligenz von der Liebe abgetrennt. Im Hochmut des Wissens hat er geglaubt, er allein könne eine Art Kunsthandwerker seines eigenen Schicksals sein.

Die Freiheit ist zu einem fundamentalen Wert geworden, doch in dieser Freiheit – die an sich rechtens ist – ist er stecken geblieben und hat die Orientierung verloren.

Doch sich von einer Sache zu befreien bedeutet immer, zum Gefangenen einer anderen zu werden.

Und so sind wir, anstatt von innen heraus und in der Tiefe frei zu werden, zu Sklaven der Freiheit geworden.

Nach und nach haben wir uns von allem befreit: von Tabus ebenso wie von Beschränkungen, von Zweifeln und innerer Unruhe und nicht zuletzt von moralischen Regeln. Wir haben uns vor allem auch von der veralteten und unterdrückenden Vorstellung der Existenz Gottes befreit. Nun leben wir mit der Gewissheit, die alleinigen Sachwalter unserer Geschicke zu sein.

Doch leider hat uns die moderne Zeitgeschichte bewiesen, dass dem so nicht ist. Sie rechnet uns vor, dass der leere Himmel durchaus nicht durch die Größe des Menschen aufgefüllt wurde, eher durch seinen Wahnsinn, durch seinen Stolz, seinen Durst nach Blut.

Diese Freiheit haben wir erobert, indem wir Ballast von uns geworfen haben. Nun offenbart sie auch ihre Schwäche. Sie hat dazu geführt, dass die Menschen jeden Respekt verloren haben – vor sich selbst, vor anderen menschlichen Wesen und vor dem, was sie sonst noch umgibt.

Der Mensch, wie er uns heute vor Augen tritt, ist arm und in seiner Tiefe verstört, ein zerbrechliches Wesen, das sich zwischen der Unfähigkeit, sich der Gegenwart zu stellen und der Angst vor der Zukunft aufreibt.

Dieser Mensch leidet unter ausgeprägter Infantiliät. Das „Infantile", das uns als Dimension des Kindlichen – eine Dimension der Fülle – fehlt, tritt als Dimension des Kindischen hervor, als Eitelkeit und Egoismus.

Wie der jüngere Sohn im Gleichnis hat der Mensch seine Talente – in diesem Fall die Intelligenz – vom Vater ausbezahlt bekommen; er hat die Heimat hinter sich gelassen, um sein Geschick in die eigenen Hände zu nehmen. Aber ein Sohn, so sehr er es negiert und so wenig es ihm gefällt, ist auf unauflösliche Weise mit seinen Wurzeln verbunden.

Das Thema der Heimkehr ist mir außerordentlich kostbar. So ist zum Beispiel der Weg, den Walter und Andrea, die Protagonisten aus ANIMA MUNDI, zu beschreiten suchen, ein Weg der Heimkehr.

Und es ist ausgerechnet Andrea – er, der niemals in der Lage wäre, aus eigener Kraft seinen Weg bis zum Ende zu gehen – der bei Schwester Irene das Gleichnis vom verlorenen Sohn anspricht.

Schwester Irene erzählt es Walter folgendermaßen:

„Am Abend nach dem Essen wollte er, dass ich ihm die Stelle im Evangelium zeige, die vom Gleichnis des verlorenen Sohnes handelt. Er hat sie mir mehrmals vorgelesen und dann gesagt: ‚Das ist nicht gerecht.‘

‚Was ist nicht gerecht?‘, habe ich gefragt.

‚Dass die Söhne, die sich richtig verhalten haben, links liegengelassen werden und bei der Rückkehr des Übeltäters dann ein großes Fest veranstaltet wird. Warum lehnen sie sich nicht dagegen auf? Warum jagen sie ihn nicht mit Fußtritten wieder dahin zurück, woher er gekommen ist? Was soll das heißen? Dass es das Beste ist, sich schlecht zu benehmen?‘ “

Andrea hegt den gleichen Gedanken wie der zu Hause gebliebene brave Sohn. Es ist der Gedanke aller, die sich nicht ausreichend geliebt fühlen und die das Licht beneiden, von dem sie glauben, dass es immer nur auf die anderen scheint.

„‚Sieh nur‘, sagt der Sohn, der beim Vater geblieben ist, ‚so viele Jahre schon diene ich dir, und nie habe ich gegen deinen Willen gehandelt; mir aber hast du nie auch nur einen Ziegenbock geschenkt, damit ich mit meinen Freunden ein Fest feiern konnte.‘

Seine Reaktion ist absolut verständlich und normal. Sie entspricht dem Empfinden all derjenigen, die niemals im Leben etwas riskieren und die auch nie etwas aufs Spiel setzen, sondern wie festgewachsen und treu an dem festhalten, was sich gehört. Dies betrachten sie dann als Verdienst – obwohl es eigentlich nur besagt, dass sie Angst vor dem Leben haben. Und sie glauben, sie hätten deswegen das Recht, über andere zu richten.

Genau darin liegt die Sinnspitze des Gleichnisses. Es gibt so viele ältere Söhne unter uns! Mit größter Selbstverständlichkeit schlägt der menschliche Geist den Weg der Pflicht anstatt den der Liebe ein.

Was noch lange nicht heißen muss, dass dies der bequemere Weg ist. Er ist langweilig, alles wiederholt sich immerzu. Und doch ist er äußerst attraktiv, denn er ist sicher. Wer ihn einschlägt, geht kein Wagnis ein. Was man hat, was man gibt, es bewegt sich in exakt berechenbaren Größenordnungen.

Nun ist derjenige, der nicht handelt, sondern richtet – also der daheimgebliebene Sohn – nicht besser als der andere, der weggeht, etwas riskiert und umherirrt, um seinen eigenen Weg zu finden. Wer auch immer vortritt und sich selbstgefällig an seiner eigenen Bilanz berauscht, offenbart vor allem eines, einen Charakter, der unfrei und unfähig ist, sich zu öffnen und zu verstehen.

Verständnis kann nur in jemandem wachsen, der schon einmal hinfiel, der seine eigene Zerbrechlichkeit erfahren, Niederlagen durchlebt und sie zu akzeptieren gelernt hat. Um wieder aufstehen zu können, muss man zunächst einmal durch die Erfahrung des Todes gegangen sein. Durch den Tod des eigenen Hochmuts. Durch den Tod jener willentlichen Konzepte, mittels derer man sich ein Schicksal außerhalb der Gesetze der Liebe kreieren möchte.

Der gehorsame Bruder, das Opfer des Neids und damit auch des Hasses, ist zur Bewegungslosigkeit verurteilt, zu einem Leben hinter verschlossenen Türen. In diese Empfindungen eingesperrt, kann er niemals das Geschenk der absoluten Freiheit kennenlernen, das aus dem Geist der Vergebung erwächst. So sehr er über andere richtet, wird er doch niemals ein Mensch der Gerechtigkeit sein.

Im Laufe des Lebens ergibt sich die Haltung der Gerechtigkeit aus dem Verstehen des eigenen Weges. Man wird fähig, aus dem Stadium eines gehorsamen Sklaven in das von Söhnen und damit auch Geschwistern überzuwechseln.

Derjenige der die Vision, was sein Leben sein

könnte, von vornherein einschränkt durch das Alibi seines guten Benehmens, ist unfähig, das Wechselspiel des menschlichen Geistes zu verstehen; es oszilliert nämlich beständig zwischen dem Bedürfnis nach starken Gewissheiten und der Sehnsucht, bestehende Ordnungen über den Haufen zu werfen.

Wenn man das nicht weiß, limitiert sich Leben auf ein Dasein als gehorsamer, respektvoller und treuer Mensch – aber dieser Mensch ist nicht frei, um sich spontan auf das Ereignis der Liebe, die in sich keinerlei Form der Verpflichtung enthält, einzulassen.

Das Schlimmste daran ist: Dieser richtende Bruder hat nicht begriffen, dass der Mensch, der in seinem uneingestandenen Widerspruch verstanden und dem – in seinem Willen zur strengen Gerechtigkeit – vergeben werden muss, in erster Linie er selbst ist.

Doch um sich selbst vergeben zu können, muss man sich kennen, man muss die Unzulänglichkeit der eigenen Gefühle ebenso akzeptieren wie die Angst vor der eigenen Freiheit.

Nur dort, wo man an seine Grenzen stößt und die eigene Zerbrechlichkeit erfährt, kann der Prozess der Versöhnung beginnen. Mit sich selbst und dadurch auch mit den Mitmenschen. Einzig daraus kann wahre Gerechtigkeit entstehen.

Der versöhnte Mensch, das ist der Mensch, der den Weg spiritueller Verwirklichung tatsächlich bis zum Ende gegangen ist. Paradoxerweise hat der Mensch, der schon einmal alles verloren hat, nichts mehr zu verlieren. Er hat auf seinem Weg alles weggeben müssen, was ihn in seinem Ego bestärkte, alles, was ihn von anderen abhob und zu ihnen in Gegensatz brachte.

Dieser Mensch kennt keinen Stolz mehr, und auch keine Überheblichkeit. Und dadurch ist er total disponibel für die Erfahrung der Liebe.

„Die Liebe", erklärt Schwester Irene Andrea in Anima Mundi, „ist oft nicht logisch, sie geht Wege, die unser Verstand nicht nachvollziehen kann. Sie gibt, ohne etwas dafür zu erwarten, und das anzuerkennen fällt uns schwer. Nach der normalen Logik hat alles ein Gewicht und ein Gegengewicht, auf eine Aktion folgt eine Reaktion, und das ist jedem einsichtig.

Die Liebe Gottes ist anders, sie ist maßlos. Anstatt etwas zurechtzurücken, verkehrt sie es häufig in sein Gegenteil. Und das verblüfft natürlich, macht Angst. Aber genau deshalb kann der vom Weg abgekommene Sohn auch wieder nach Hause kommen und nicht mit Groll, sondern mit Freude empfangen werden.

Er hat Fehler gemacht, war verwirrt, hat vielleicht auch Böses getan, aber dann kommt er zurück, nicht durch Zufall, sondern weil er sich dafür entschieden hat.

Er entscheidet sich, ins Haus des Vaters zurückzukehren."

III
IN DER WÜSTE
BEGINNT ETWAS NEUES

Susanna Tamaro im Gespräch
mit Giuseppe Romano

Wer Susanna Tamaro kennen lernen möchte, braucht in gewisser Hinsicht nur ihre Bücher zu lesen, da diese Bücher für sich selbst sprechen. Das Gespräch hat jedoch seinen ganz eigenen Wert. Denn die Gesprächspartnerin ist die wichtigste zeitgenössische Schriftstellerin Italiens. GEH, WOHIN DEIN HERZ DICH TRÄGT *wurde in über vierzig Sprachen übersetzt und acht Millionen mal verkauft. Die Autorin war aber auch Gegenstand heftigster Polemiken.*

Susanna Tamaro empfängt mich in ihrem Haus am Vormittag des 10. Dezember 1998, während eines überraschenden vorweihnachtlichen Schneetreibens und bei zehn Grad unter Null. Die Autorin lebt in einem Bauernhaus bei Orvieto, das sie für wenig Geld und noch vor den Zeiten des Ruhms erstanden hat (ihres eigenen und dem der Landhäuser Orvietos).

Noch immer bewohnt sie dieselben fünf Zimmer,
denen sie jedoch ein weiteres Gebäude hinzugefügt hat
für die Familie, die ihr bei den Arbeiten zur Hand
geht, sowie die vielen Freunde, die in Scharen kommen
und je nach Laune einen Tag oder eine Woche bleiben.
Eine traurige Randbemerkung: Auch ihr Vater hätte
hier wohnen sollen, wenn er nicht im vergangenen
Sommer verstorben wäre.

Der Hof ist von Hunden, Katzen, Ziegen, Pferden,
Hühnern, Fischen und einigen Tieren mehr bevölkert.
Von der kleinen Anhöhe vor den Toren des Hofes über-
blickt der Besucher einen jungen, an diesem Morgen
ganz in Weiß gehüllten Olivenhain.

Ich würde das Gespräch gerne mit einigen kurzen
autobiographischen Angaben beginnen.

Susanna Tamaro ist zugleich ein sehr einfacher
und ein sehr komplizierter Mensch: Eigenschaften,
die am Ende eins sind. Sie hatte vor ihrem Erfolg
und ihrem Ruhm ganz gewiss ein schwieriges
Leben; sie hat die ernsten Seiten des Lebens kennen
gelernt, und sie ist sehr streng, vor allem mit sich
selbst. Gleichzeitig ist sie aber auch ein äußerst vita-
ler Mensch, sehr fröhlich und positiv denkend.

Auch wenn in meinen Büchern häufig von ernsten Dingen die Rede ist, die vermuten ließen, ich sei auch so (was irgendjemand auch einmal geschrieben hat), so bin ich doch ein sehr fröhlicher Typ, einer, der morgens aufwacht und zu singen anfängt. Außerdem bin ich ein Mensch mit zahlreichen sozialen Kontakten. Es gibt viele Beziehungen zu anderen Menschen. Ich lebe immer in einem großen Durcheinander zwischen vielen Freunden.

Jemand hat einmal gesagt, Sie seien eher eine Einsiedlerin …

Das ist völliger Unsinn. Natürlich, wenn ein Schriftsteller schreibt, braucht er die Einsamkeit, um arbeiten zu können. Das ist die Grundvoraussetzung, allerdings immer gebunden an Momente der Arbeit. Ansonsten bin ich ein äußerst geselliger Mensch.

Wo liegen Ihre familiären Wurzeln?

Mütterlicherseits stamme ich aus einer Familie, die man als mitteleuropäisch bezeichnen könnte, da sie seit Generationen in Triest ansässig ist. Eine jüdische Familie, obwohl schon vor drei Generationen konvertiert: Das Judentum prägt eine Familie so sehr, dass drei Generationen nicht ausreichen, dieses – sagen wir einmal genetische – imprinting zu löschen. Meine Großmutter mütterlicherseits war Jüdin: Sie kam aus der besseren Gesellschaft, einer jüdischen Industriellenfamilie. Mein Großvater hingegen, ihr Mann, war aus dem Hinterland Roms, aus Subiaco, einer Gegend mit vielen Klöstern. Er entstammte einer sehr einfachen Familie. Er hatte den Truppen angehört, die im Karstgebiet um die Grenze zwischen Italien und Jugoslawien kämpften, einer der vielen Soldaten, die der Erste Weltkrieg dorthin verschlagen hatte. Ihre Hochzeit verstieß gegen alle Regeln der Zeit. Jemanden wie meinen Großvater zu heiraten, einen Bauern aus den Bergen Lazios, war damals für ein Mädchen jüdischen Ursprungs ähnlich schlimm, wie einen Schwarzen zu ehelichen. Die Familie war natürlich dagegen, sie schickten sie sogar ins Ausland, damit sie auf andere Gedanken käme: eine Geschichte von nahezu epischer Qualität. Aber sie war fasziniert von seiner Vitalität und seiner Schönheit, und am Ende setzte sie ihren Willen durch.

Die Wurzeln meiner Familie väterlicherseits hingegen liegen in Ungarn und Istrien. Das sieht man meinen Gesichtszügen noch an. Aber mit diesem Teil der Familie hatte ich weniger Kontakt.

Und Ihre Eltern?

Meinen Vater habe ich sehr selten gesehen, weil meine Eltern sich kurz nach meiner Geburt scheiden ließen. Sie hatten sehr jung und unvorbereitet geheiratet. Er beschäftigte sich viel mit den fernöstlichen Kulturen, vor allem mit China und dem Taoismus. Sein Geld verdiente er allerdings als Fahnenkorrektor in einer Buchdruckerei; das andere war bloß sein Hobby. Ich verbrachte mehr Zeit bei meiner Mutter.

Sie war keine einfache Persönlichkeit, zumal sie alleine drei Kinder großziehen musste und eine Scheidung damals nicht gerade gang und gäbe war. In den fünfziger Jahren hatte es eine Frau ohne Ehemann nicht leicht.

Am engsten war letztlich die Beziehung zu meiner Großmutter mütterlicherseits, enger noch als die zu meiner Mutter.

Sie sagten, Sie waren drei Geschwister.

Ich habe noch zwei Brüder, der eine jünger, der andere älter als ich.

Ich frage diese Dinge, um zu verstehen, inwieweit Ihre Bücher autobiographisch sind: Das Thema der Generationen scheint mir eines Ihrer Hauptthemen zu sein. Die Großmutter in Geh, wohin dein Herz dich trägt *zum Beispiel hat große Ähnlichkeit mit Ihrer eigenen Großmutter, oder?*

Vom Charakter her schon. Meine Großmutter war ein ganz außergewöhnlicher Mensch. Die Frauen ihrer Generation bekamen, auch wenn sie intelligent waren, nach ihrer Hochzeit nur selten die Möglichkeit, ihre Intelligenz auch einzusetzen. Meine Großmutter hatte, wie gesagt, den Mann geheiratet, in den sie verliebt gewesen war; aber sie hatten sich nicht sehr viel zu sagen, da er ein Mann der Tat war: ein Schäfer und Bauer ohne jede kulturelle Bildung. Sie hingegen war eine unruhige Frau, geistig sehr rege. Als sie fünfzig war, wechselte sie die Religion und führte seitdem ein äußerst spirituelles Leben. Das hat mich sehr stark beeinflusst. Als Kind begleitete ich sie zum Beispiel immer in die Messe. Sie war die Einzige der Familie, die religiös war und ihren Glauben praktizierte.

Um noch einmal auf die Großmutter aus GEH, WOHIN DEIN HERZ DICH TRÄGT *zurückzukommen: Als meine Mutter hörte, dass ich Sie besuchen würde, trug sie mir auf, Ihnen ihre Hochachtung auszudrücken. Sie hätte nie gedacht, dass eine Frau von vierzig Jahren sich so gut in eine sehr viel ältere Frau hineinversetzen könne.*

Das haben mir viele gesagt. Viele ältere und reife Frauen haben mir geschrieben: „Wie ist das nur möglich? Wir haben uns auf jeder Seite wieder erkannt." Wahrscheinlich ist mir das gelungen, da ich meiner Großmutter sehr nahe war und zudem mit ihr und meiner Urgroßmutter aufgewachsen bin, die erst vor relativ kurzer Zeit im Alter von hundert Jahren gestorben ist. Daher ist mir die Psyche alter Menschen sehr vertraut.

Wenn wir hingegen Ihre literarische Biographie entwerfen wollten, was wäre da zu nennen?

Meine gesamte Bildung ist eng mit der Literatur der mittel- und osteuropäischen Länder verbunden:

Singer und Kafka zum Beispiel sind Autoren, die ich immer wieder lese. Singer mit seiner Erzählkunst hat mich ganz gewiss stark beeinflusst. Sein Sprachfluss, die Schlichtheit, mit der er jedes Thema anfasst, die Hinwendung zur Metaphysik, die aus all seinen Erzählungen spricht. Er hatte den Mut, sich der Welt zu stellen. Ebenso Kafka, vor allem der aus den Tagebüchern, ein wirklich großer Schriftsteller. Außerdem die Russen, Dostojewskij, Tolstoj, die Klassiker. Im übrigen musste ich mir meine gesamte Bildung autodidaktisch erarbeiten.

Was haben Sie studiert?

Nach der Ausbildung zur Grundschullehrerin habe ich eine Filmakademie besucht. Außerdem war ich für Naturwissenschaften eingeschrieben. Wie man sieht, hatte ich nicht die geringste Absicht, mich der Literatur zu widmen. Obwohl ich jemanden wie Italo Svevo in der Familie hatte, kam mir etwas Derartiges überhaupt nicht in den Sinn.

Svevo ist auch ein Verwandter aus der mütterlichen Linie, nicht wahr?

Ja. Seine Familie stammte aus Osteuropa, fliegende Händler, die mit Nippes und Seife handelten. Dann erfand ein Vorfahre von mir einen besonderen Lack für den Schiffsrumpf, der abstoßend auf Mollusken und Algen wirkt und sie davon abhalten sollte, sich in den Kiel einzugraben. Den hatte er rein zufällig bei irgendwelchen Experimenten entwickelt, ohne dass er mit der Materie besondere Erfahrung gehabt hätte. Er ließ sich die Formel patentieren und begann, ein Imperium aufzubauen. Mit Hilfe seiner Frau, die ebenfalls unternehmerisches Geschick besaß, knüpfte er Kontakte nach New York und Australien; nach dem Ersten Weltkrieg reisten sie per Schiff hierhin und dorthin und hatten Geschäftsbeziehungen in der ganzen Welt.

Diese Geschichte mit dem Lack für Schiffskiele habe ich schon einmal irgendwo gelesen.

Ja, sie taucht in dem Buch KOPF IN DEN WOLKEN auf.

Und ist auch wahr, wie es dort heißt, dass die abstoßende Wirkung nach einiger Zeit nachließ und die Farbe dann sogar Fische und Mollusken anzog?

Nein, das ist erfunden. Die Farbe funktioniert bis heute, und die Fabrik steht auch noch; sie gehört zur Montedison-Gruppe.

Zurück zu Italo Svevo.

Svevo hatte eine Tochter dieses Erfinders geheiratet, die älteste von vier Schwestern; da er gleichzeitig auch der Cousin seiner Frau war, bestand ein doppeltes Verwandtschaftsverhältnis. Er war auch innerhalb der Familie eine echte Persönlichkeit, obwohl wir ihn eher als „Ettore" kannten und nicht als Italo Svevo. Er war nicht leicht zu durchschauen, schon gar nicht für uns Kinder: Für mich war er einfach „Ettore" und fertig. Im übrigen wurde bei uns kein besonderer literarischer Kult um ihn betrieben. Ich las seine Sachen wie anderes auch; erst später lernte ich seine Werke schätzen, vor allem seine Tagebücher, in denen ich mich selbst wieder fand.

Apropos, ich habe gelesen, dass es auch von Susanna Tamaro Tagebücher gibt.

Sehr, sehr viele sogar, mittlerweile über zweihundert. Sie sind die Basis meiner gesamten schriftstellerischen Tätigkeit.

Wann haben Sie angefangen, Tagebuch zu schreiben?

Ich glaube, mit neunzehn. Mittlerweile sind sie zu einer beachtlichen Zahl angewachsen, auch was den Platz betrifft, den sie beanspruchen. Nun ist aber das Tagebuch grundlegend für jede Art des Schreibens. Ich weiß nicht, ob alle Schriftsteller Tagebuch führen, wahrscheinlich nicht. Aber ich halte es für außerordentlich wichtig.

Es gibt auch Autoren, die nicht für sich selbst schreiben.

Wahrscheinlich ist das sogar der größere Teil.

Vielleicht haben manche sich einfach nichts zu sagen...

Dabei ist es so wunderbar, ein Tagebuch zu führen. Wenn ich ein Buch geschrieben habe und in den Tagebüchern der letzten vier Jahre blättere, stelle ich fest, dass das Buch dort schon in Fragmenten vorhanden war. Ein Buch zu schreiben, ist nichts anderes, als die in den Tagebüchern verstreuten Fragmente neu zu organisieren und so einen Fortschritt im Denken, im Schreiben und in der

Beziehung mit dem Unbewussten zu bewirken, die in den Tagebüchern steckt. Das Beste aus all dem wird dann das Buch: Wie oft schreibe ich einen Gedanken auf, der mir eigentlich nebensächlich erscheint, und finde ihn dann später an einer ganz zentralen Stelle eines Buches wieder, obwohl es sich um etwas handelt, das ich fünf Jahre zuvor nur beiläufig notiert habe.

Ich könnte mir vorstellen, dass das Tagebuchschreiben auch sorgloser abläuft: man denkt weniger darüber nach, wie man schreibt.

Ein Tagebuch enthält lediglich die Aufzeichnung der äußeren Fakten; die nächtlichen Träume, die Arbeit des Unbewussten, die nur ich selbst verstehen kann, all das eignet sich nicht für die Lektüre anderer. Es bildet nur die Reiseroute.

Um auf Svevo zurückzukommen: Als ich seine Tagebücher las, stellte ich fest, dass er ein höchst ironischer Mensch war. Das findet sich, wie ich glaube, auch in meinem Leben und in meinen Aufzeichnungen wieder; und ich glaube, auch in meinen Büchern.

Das stimmt, wobei ich sagen muss, dass Ihre Bücher sehr unterschiedlich sind. Auch darauf wollte ich zu sprechen kommen, denn Ihr erzählerischer Werdegang ist ein ganz eigener. Der Debütroman KOPF IN DEN WOLKEN *ist vom Ton her eher ironisch und surreal, ganz im Gegensatz zu den hyperrealistischen, höchst beunruhigenden Erzählungen in* LOVE. *Demgegenüber ist* GEH, WOHIN DEIN HERZ DICH TRÄGT *wiederum ein ganz anders geartetes Buch, ich würde fast sagen, doppeldeutig, jedoch ohne die negative Konnotation des Begriffs. Damit spiele ich vor allem auf „Herz" an: Ich vermute, für Susanna Tamaro ist das „Herz" aus dem Titel ein sehr realer und starker Faktor, und keineswegs nur an Gefühle gebunden. Die Stimme des Gewissens sozusagen. Und dann gibt es noch* ANIMA MUNDI *und die Kinderbücher. Wie beurteilen Sie selbst den Weg, den Sie zurückgelegt haben?*

Ich würde sagen, dass die Schriftstellerei immer ein Weg des Fortschritts und der Entdeckungen ist. Das gilt in erster Linie für mich selbst, die ich schreibe. Es stimmt aber wohl, dass meine Bücher sehr unterschiedlich sind. Das hängt auch von ihrer Entstehungsgeschichte ab. Das erste, KOPF IN DEN WOLKEN, habe ich geschrieben, nachdem meine beiden anderen Bücher jahrelang von den Verlagen abgelehnt worden waren; zwei Bücher mit einem sehr nüchternen, sehr starken Ton, sehr schwierig auch in der Thematik. Dann musste ich mich einer Operation am Bein unterziehen und war für einige Monate ruhig gestellt; in dieser Zeit kam mir die Idee zu einer ganz neuen Geschichte, die einen anderen Tonfall verlangte. Und wie durch Zufall fand sie einen Verleger, nicht sofort, aber doch ziemlich bald. Der sehr elaborierte Stil von Kopf in den Wolken kam auch dadurch zustande, dass ich viel Zeit zu Hause verbringen musste und mich langweilte. Ich experimentierte mit der surrealen Ader in mir, spielte damit, und in gewisser Weise war es, als kehrte ich in die eigene Kindheit zurück. Außerdem war das Buch ursprünglich wesentlich länger und komplexer: Eigentlich hatte es zweihundertfünfzig Seiten und ein anderes Nachwort als jetzt. Der Verleger wollte es kürzen, da er es für zu ausufernd hielt.

Der Verleger hat über hundert Seiten rausgestrichen?
Natürlich haben wir das zusammen gemacht. Seiner Meinung nach war das Buch zu kompliziert,

zu komplex. Die gesamte Kindheit des Protagonisten wurde erzählt, sehr ausführlich. Zusammen mit den Kürzungen feilten wir dann auch noch am Plot und am Stil. Vor kurzem hat man mich gefragt, ob ich es nicht für eine Neuausgabe überarbeiten wolle.

Ich muss gestehen, dass ich mich von all Ihren Büchern mit diesem am schwersten getan habe.
Vielleicht liegt das auch daran, dass hundert Seiten fehlen.

Während ich es las, hatte ich manchmal den Eindruck, das Buch würde von der Geschichte des Jungen mehr verschweigen als mitteilen.
Die verschwiegenen Sachen stehen auf den hundert Seiten, die herausgestrichen wurden. Auf jeden Fall war der erste Entwurf des Buches ein ganz anderer. Und wenn ich zehn Jahre später gefragt werde, ob ich die Änderungen wieder rückgängig machen möchte, bedeutet das ja wohl, dass tatsächlich etwas fehlt. Das erste Buch, das so, wie es war, veröffentlicht wurde, war Love. Das ist meine Originalsprache, meine wahre Stimme.

Bevor wir näher auf stilistische und thematische Details eingehen, würde ich gerne den Rahmen unseres Bildes vervollständigen. Den Zahlen nach, also an der Menge der verkauften Bücher und den Sprachen gemessen, in die sie übersetzt wurden, sind Sie die bedeutendste Autorin Italiens. Aber wie kann man Susanna Tamaro in die italienische Literaturgeschichte einordnen? Mal abgesehen von den Russen und Kafka, haben Sie in der Literatur unseres Landes, unter den Autoren, die in der Schule behandelt werden, Väter, Mütter oder Onkel?

Sicher ist, dass die Italiener, denen ich mich am ehesten verbunden fühle, die mich am meisten inspiriert haben, der Dichtung angehören und nicht der Prosa. Zwei Namen vor allem: Leopardi und Montale, die Klassiker der italienischen Dichtung.

Die Prosa Italiens hingegen spricht mich nicht besonders an. Als Ausnahme könnte ich vielleicht Natalia Ginzburg mit ihrem Familienlexikon nennen, aber sie ist untypisch für Italien. Und Primo Levi, dessen trockenen Stil, diese grausame Hellsichtigkeit, ich auf seine jüdischen Wurzeln zurückführre; eine Grausamkeit des Geistes, die man beim

Schreiben einüben muss, auf die es zusammen mit der Form ganz wesentlich ankommt.

Ich hätte noch Pirandello genannt.

Wirklich? Das stimmt, Sizilien spielt auch eine Rolle. Den Leopard von Giuseppe Tomasi di Lampedusa habe ich wahnsinnig geliebt; Die Vizekönige von Federico De Roberto habe ich auch gelesen. Die sizilianische Literatur ist mir recht vertraut.

Dieser charakteristische Fatalismus …

Das verbindet Sizilien mit den nordischen Ländern. Der Süden und der Norden haben sowieso eine Menge gemeinsam. Sizilien ist ein sehr deutsches Land, die Deutschen lieben es. Viele Sizilianer sind mit Nordeuropäern verheiratet. Diese Affinität finde ich sehr interessant; der ganze Rest der italienischen Prosa beeindruckt mich wenig. Ich glaube manchmal, dass viele Autoren beim Schreiben mit einem Auge auf ihre Umwelt schielen. Sie möchten lediglich zeigen, was sie können, wie intelligent sie sind.

*Und das in einer Sprache, die kein Mensch wirklich
spricht und auch niemals sprechen wird ...*

Genau: eine absolute Kunstsprache. Wenn das
Literatur sein soll, nein danke, dann bin ich nicht
interessiert. Ich suche etwas anderes. Die Literatur-
sprache spricht von Dingen, die nirgendwo zu sehen
sind, von Artefakten. Und das korrespondiert mit
einer anderen Tatsache: Italien ist ein Land der
Literaten, nicht der Schriftsteller. Die Leute hier
üben sich in der schönen Literatur zum Zweck des
sozialen Diskurses. Schriftsteller zu sein, bedeutet
aber etwas anderes.

Sie wollten niemals Literatin sein?

Nein, nie. Mein Blick richtet sich eher auf den
nordischen Typ Schriftsteller und damit verbunden
auf ein bestimmtes Klima, eine innere Unruhe, die
es in Italien nicht gibt. In Italien wird alles nach
außen gekehrt, vielleicht auch wegen des milderen
Klimas, der vielen Sonne; die innere Aufgewühltheit
gibt es hier nicht.

*Ich vermute, dass Sie nicht die Einzige sind, die so
denkt. Doch um bei der italienischen Prosa zu blei-*

ben: *Mich würde interessieren, ob Sie Ihr Erfolgsbuch* GEH, WOHIN DEIN HERZ DICH TRÄGT *für etwas ganz Besonderes halten, sei es damals, als Sie es schrieben, oder heute aus der Distanz heraus betrachtet. Wussten Sie von Anfang an, dass dies Ihr Meisterwerk würde?*

Nein, ganz und gar nicht. Beim Schreiben hielt ich es für eine Art Übergangsbuch. Ich war überzeugt, dass mein wichtigstes Buch das danach Entstehende sein würde, also ANIMA MUNDI. Nicht etwa, weil ich es schon im Kopf gehabt hätte, sondern weil ich wusste, dass das eindringlichere Buch, das schwierigere, das darauffolgende sein würde. GEH, WOHIN DEIN HERZ DICH TRÄGT war nur eine Annäherung an dieses andere. Wichtig auf seine Art, aber mehr eine Durchgangsstation als das Ziel.

Und doch schien man genau darauf gewartet zu haben.

Was ich absolut nicht ahnte.

Beide Bücher verdanken ihren Erfolg nicht nur ihrem Inhalt, sondern auch dem Moment ihres Erscheinens. Anders ausgedrückt: Sie befriedigten ein allgemeines Bedürfnis, lösten eine undefinierbare Erwartung ein.

Das stimmt, manche Bücher erscheinen genau zum richtigen Zeitpunkt.

Wenn wir der Frage nachgehen, was genau das denn eigentlich für ein Bedürfnis war, das Geh, wohin dein Herz dich trägt *befriedigt hat, berühren wir ein äußerst delikates Thema, das nur ungern angesprochen wird und vielleicht auch schwer zu durchschauen ist. Es betrifft die Beziehung zwischen Literatur und Glaube.*

Es ist fürchterlich, für eine Art Gemeinde zu schreiben. Andererseits liegt es auf der Hand, dass mein Denken sich auf mein Schreiben auswirkt. Und der Glaube wiederum ist für beide ganz grundlegend. In all meinen Büchern findet sich die Spur der Transzendenz. Aber während des Schreibens wende ich mich an alle, nicht nur an eine bestimmte Leserschaft. Wenn man, wie geschehen, in unserem Land einen Schriftsteller „katholisch" nennt, ist dies der sicherste Weg, ihn abzukanzeln. Als würde man ihn einen Faschisten nennen, wie es früher häufig vorkam: „Faschist", und Ende der Diskussion. Jemanden

„katholisch" zu nennen ist weniger brutal, verweist ihn aber dennoch in eine andere, in sich geschlossene Welt. Literatur für Eingeweihte sozusagen.

Glauben Sie denn, dass es so etwas wie „christliche Literatur" überhaupt gibt?

Das kann ich nicht beantworten. Was es sicherlich gibt, ist eine Literatur, die Transzendenz thematisiert. Aber die Bezeichnung „christliche Literatur" hat gleich so etwas Eigenes, Abgegrenztes, wenn nicht sogar Negatives. Wer schreibt, muss frei sein. Die Literatur kann keine Beweise erbringen wollen. Zum Beispiel bekomme ich oft zu hören: „Ja, aber in GEH, WOHIN DEIN HERZ DICH TRÄGT kommt auch Verrat vor." Das stimmt, aber das ist das Leben: Man kann nun mal kein Buch über die perfekte Ehe schreiben. Ich glaube, dass die Institution Ehe als solche perfekt ist. Aber große Literatur muss von den Irrtümern des Lebens handeln, von den Abgründen, nicht von den perfekten Dingen. Denn die Perfektion kann man nur anhand der Fehler, die wir begehen, aufzeigen und lehren. Grundsätzlich glaube ich auch nicht, dass die Absicht, Vollkommenheit darzustellen, literarisch erfolgreich

sein kann. Man muss frei sein, die Fehler nachzu-
zeichnen und sie zum Guten zu wenden.

Aber in letzter Zeit denke ich noch über etwas
anderes nach. Ich lese selten Romane, weil mich nur
wenige interessieren. Aber wenn ich es tue, habe ich
oft das Gefühl, dass die Bücher kein Ende haben, als
könne niemand mehr eine Geschichte zu Ende
schreiben. Auch wenn es schöne Bücher sind, ihnen
fehlt das Ende. Und warum? Weil aus ihnen nicht
das Leben spricht, deshalb gibt es auch kein Ende.

Vielleicht kann man daran die Literatur erkennen, die sich dem Transzendenten zuwendet:
zumindest was mich betrifft, denn ich schreibe
meine Geschichten zu Ende. Ich beende sie, indem
ich einen Gedankengang abschließe. Darauf läuft
das ganze Buch hinaus, und man spürt diese
Spannung, dieses Darauf-zu-Schreiten.

Viele Romane der Gegenwart sind völlig beliebig:
Sie erzählen eine Geschichte, und irgendwann
merkt man, dass ihr das Zentrum fehlt. Für mich
muss ein Buch ein Zentrum haben und eine
Richtung, sonst hat es keinen Sinn. Vielleicht ist das
die Definition für Literatur, die sich dem Sinn des
Lebens und dem Transzendenten widmet.

Ein sehr interessanter Gedanke. Dazu passt auch, dass in Ihren Geschichten keineswegs immer nur das Gute auftritt. Dort gibt es alles. Außerdem verwenden Sie in Bezug auf die Schriftstellerei besonders gerne das Wort „Grausamkeit".

Grausam bin ich vor allem zu mir selbst. Das ist der Ausgangspunkt des Schreibens. Die Schriftstellerei kennt keine Gnade.

Warum?

Weil erst die Grausamkeit es erlaubt, die Ecken und Kanten zu sehen. Sie zieht den Schleier weg, der dich „nein" sagen lässt, „nein, das nicht". Ich will den Sachen auf den Grund gehen. Nur dort ist die wahre Materie, auch weil das Problem des Bösen der Kern allen Erzählens ist. Wenn ich die Idee des Bösen nicht so klar vor Augen hätte, könnte ich nicht schreiben.

Wer Ihre Bücher liest, wird mit Pädophilie, Homosexualität, Verrat, Mord und Totschlag und anderen Schrecklichkeiten konfrontiert.

Ja. Daher habe ich nie verstanden, wie ich in den Ruf der politisch korrekten Harmlosigkeit komme:

In meinen Büchern ist von fürchterlichen Dingen die Rede, von menschlicher Verzweiflung. Von Harmlosigkeit keine Spur, soweit der Himmel reicht. Natürlich, der Blick ist auf das Böse gerichtet, um es zum Guten zu wenden.

Und das ist genau der Punkt: Ich glaube, dass das Böse der Natur des Menschen am ehesten entspricht. Deshalb ist das Böse in meinen Erzählungen auch so unmittelbar präsent; neben der Unaufmerksamkeit, die das Böse fast automatisch nach sich zieht.

Heute existiert die Vorstellung des Bösen kaum mehr. Es gibt keine Grenzen mehr: Alles ist erlaubt und möglich, solange es in aller Offenheit geschieht. Aber gerade weil ich diese deutliche Vorstellung von der Präsenz des Bösen im Menschen habe, bin ich mir auch absolut darüber im Klaren, dass es einen Ausweg gibt, einen Kampf, der gegen das Böse geführt werden muss, um es aus dem Leben zu tilgen. Die Aufgabe unseres Lebens liegt genau darin, uns zu reinigen und uns von dem Negativen, dem Dunklen in uns zu befreien, weil wir geboren sind, um ein Leben der Fülle und der Liebe zu führen.

Doch dieser Weg ist steinig, und vielleicht führen

gerade die dunkelsten Abgründe zu den hellsten Straßen. Manchmal kann jemand, der von klein auf dem Glauben verbunden war und sehr behütet aufgewachsen ist, sich gar nicht vorstellen, welche Fülle und Kraft aus einem anderen Lebensweg erwachsen kann, der voller Höhen und Tiefen war. Man darf den Glauben nicht mit einer Art Schutzmantel verwechseln: Der Glaube ist eine Realität der unermesslichen Weiten, und auch der unermesslichen Gefühle. Man darf ihn nicht zu einer Art Privatversicherung degradieren, einer bloßen Gruppenzugehörigkeit oder auch einem Schlüssel, der einem das Leben aufschließt.

Hat das, was Sie gerade gesagt haben, einen autobiographischen Hintergrund?

Als Kind war ich extrem gläubig, fast schon eine Mystikerin. Doch ich wuchs in einer sehr atheistisch geprägten Umgebung auf und litt unter all den Problemen, die damit verbunden sind. Für ein Kind mit großer spiritueller Begeisterung ist es ziemlich schwer, mit der Gleichgültigkeit seiner Umwelt zurechtzukommen. Leider fand ich in den Momenten, in denen ich einen Gesprächspartner gebraucht

hätte, niemanden, der diese große Kraft in mir wahrgenommen hätte, die sich immer mehr in mein Inneres zurückzog.

So musste ich stets gegen den Strom schwimmen, da alle um mich herum der Religion gleichgültig oder feindlich gegenüberstanden außer meiner Großmutter, mit der ich einer Meinung war. Ich musste darum kämpfen, mir meine Überzeugung zu bewahren. Und ich habe durchgehalten, indem ich mich unter anderem den Pfadfindern anschloss, weil ich spürte, dass dies meine Welt war. Die Pubertät konfrontierte mich dann mit anderen Schwierigkeiten, die mich von der christlichen Praxis wegführten. Aber den Glauben habe ich mir immer bewahrt.

Für eine Reihe von Jahren distanzierte ich mich von der Kirche, unter anderem, weil ich immer noch keine Gesprächspartner gefunden hatte: Allein gelassen in einer feindlich gesinnten Umwelt entfernt man sich von sich selbst, verliert den klaren Blick.

Dann gab es eine Phase der Schmerzen, der Leiden, in der ich spürte, wie dieser Teil meiner selbst wieder hervorbrach. So kehrte ich zu jenem Stück meines Kindseins zurück, das immer noch quasi schlafend in mir lag und auf mich wartete.

Und seitdem habe ich meinen Weg des praktizierten Glaubens wieder aufgenommen.

Und diese Umkehr hat sich eher plötzlich abgespielt, mitten in der Arbeit zu Love?

Ganz richtig. Es gibt in der letzten Erzählung in Love eine extreme Wendung. Zu jener Zeit, ich war damals gerade fünfundzwanzig, hatte ich schwere körperliche Probleme. Ich wurde wieder gesund, aber es gelang mir trotzdem nicht, mein Leben in den Griff zu bekommen. Mein ganzes Weltbild war durcheinander geraten. Wenn man so etwas durchgemacht hat, sieht man sein vergangenes Leben mit völlig anderen Augen. Ich ging damals für einige Zeit nach Israel, in einen Kibbuz.

Dort fing ich ganz von vorne an, keiner kannte mich, ich war ein absoluter Niemand, und ich befand mich zudem an einem Ort, der aufgeladen war mit – wie soll ich sagen? – spiritueller Kraft, sowohl bezogen auf meine jüdischen Wurzeln als auch auf meine Annäherung an das Christentum, die ich dort vollzog. Diese Phase des Alleinseins, auch während meiner Reisen durch Israel, half mir, wieder eine Basis zu finden. Letztlich war es eine Art Wiedergeburt.

Das Ende von Love betrifft mich tatsächlich ganz persönlich: Das bin ich, die da in der Wüste eingeschlafen ist und festgestellt hat, dass „die Erde einen Atem hat". Das war eine der mystischen Erfahrungen, die ich dort gemacht habe. Dort begann mein neuer Weg.

Dafür steht das Licht am Ende von Love, das ja eigentlich ein sehr düsteres Buch ist. Es endet in der Wüste, und in der Wüste beginnt etwas Neues. Denn die Protagonistin in Geh, wohin dein Herz dich trägt ist die direkte Erbin der Hauptperson jener Erzählung: die alte jüdische Dame. Es ist also eine Geschichte, die in den Roman übergeht, als handele es sich um eine einzige.

Letztlich ist jedes meiner Bücher die Fortsetzung des vorangegangenen. Zum Beispiel ist Anima Mundi ein Buch über das Erwachsenwerden, ein Thema, das in Geh, wohin dein Herz dich trägt nur angedeutet wird, nämlich durch die Worte, die die Großmutter über ihre Enkelin sagt. Anima Mundi greift dieses Thema dann auf und entwickelt es weiter.

Am Ende sind Sie Ihren inneren Weg also doch alleine gegangen, ohne Gesprächspartner?

Ja, die ersten Schritte schon. Später habe ich jedoch sehr wertvolle Gesprächspartner gefunden, sonst wäre ich heute nicht da, wo ich jetzt stehe. Die Veränderungen, die in mir vorgegangen sind, haben auch meiner Umgebung neues Leben geschenkt, vor allem meiner Familie. Ich bin zwar immer noch die einzige Gläubige in der Familie, aber immerhin betrachten sie mich jetzt mit Respekt, wenn nicht sogar mit dem Wunsch, es mir gleichzutun.

Wie gesagt, unsere Wurzeln sind jüdisch. Ich muss allerdings hinzufügen, dass die Familie damals aus pragmatischen Gründen konvertiert ist, ganz anders also als beispielsweise jemand wie Edith Stein. Schon meine Vorfahren waren keine praktizierenden Juden mehr. Von der Konversion versprachen sie sich wirtschaftliche Gewinne, Vorteile für mögliche Verheiratungen und vieles andere. Damit einher ging aber auch das Gefühl der Verlorenheit. Ich glaube, dass der Übergang von der sehr starken Religion des Judentums zum weniger tief verwurzelten Christentum häufig eine schwere Belastung für die Betreffenden darstellt. Meine Großmutter erzählte mir, dass man von ihrer Familie früher sagte, sie sei ohne Religion. So als sei sie gar nichts mehr. Eine fürchterliche Vorstellung.

Die Juden haben ein sehr enges Verhältnis zwischen ihrem Glauben und dem Leben ihres Volkes.

Genau. Weder zum einen noch zum anderen zu gehören hat meine Familie ernsthaft belastet. Eine starke Religion wie die jüdische kann man nicht einfach so fallen lassen, wenn man es nicht aus ernsthaften Motiven des Glaubens heraus tut.

Bleiben wir bei der Religion. Unter den Rezensionen zu Anima Mundi ...

Die ich nie gelesen habe.

Tatsächlich sind Sie bekannt dafür, dass Sie gerne darauf verzichten und sich lieber auf das Urteil der Leser als der Kritiker verlassen. Lesen Sie wirklich niemals Ihre Rezensionen?

Nur, wenn meine Verleger es für unbedingt notwendig halten; und selbst dann lasse ich mir von ihnen eine Zusammenfassung geben.

Es gibt Kritiker, die meinen, dass Susanna Tamaro eine Art buddhistisch angehauchten Katholizismus predige, eben diesen „Weltgeist", mit dem man Anima Mundi *gerne sehr vereinfachend übersetzt.*

Es kann nicht die Aufgabe der Literatur sein, möglichst viele Menschen anzusprechen, um eine möglichst große Wirkung zu erzielen. Obwohl ich manchmal das Bedürfnis habe, die Dinge so klar wie möglich zu sagen. Und doch tue ich es nicht, weil ich es für die falsche Art der Verständigung halte. Ich glaube fest, dass ich mit meinen Büchern viele Menschen zum Nachdenken angeregt habe, und manche auch dem Glauben angenähert habe. Das entnehme ich den Briefen, die sie mir schreiben: Es ist also eigentlich mehr als eine Vermutung, schon eine Gewissheit.

Wenn ich aber alles ausdrücklich in überdeutliche Worte gefasst hätte, wäre das sicher nicht passiert, weil diese Art der Klarheit beim Erzählen abstößt. Und so ist der Weg des langsamen Einkreisens viel anregender und spannender als allzugroße Offenheit. In meinen Büchern kann ich keine Glaubenswahrheiten auflisten wie ein Katechismus. Dann würden die Leser nur sagen: „Was geht uns das an?" Der Glaube bestimmt mein Leben und ist der Hintergrund zu meinen Büchern. Und die Leser stoßen auch so darauf.

Der häufigste Vorwurf Ihrer Kritiker ist, dass Sie eine Literatur der klischeehaften Gemeinplätze produzieren. Wie reagieren Sie darauf?

Zuerst einmal damit, dass das ganze Leben ein Gemeinplatz ist. Es gibt keine Originalität des Lebens, es sei denn in den Köpfen derjenigen, die banal genug sind zu glauben, das Leben müsse originell sein. Das Leben besteht aus einer Aneinanderreihung von Banalitäten: Genau die Kritiker, die mir so etwas vorwerfen, setzen sich, wenn sie von ihrer Freundin verlassen werden, garantiert hin, betrinken sich und heulen stundenlang. Das nenne ich die Banalität des Lebens. Der einzige Ausweg ist, diese Banalität in einer Dimension tiefer Liebe zu leben. Nur so wird das Leben einzigartig. Worin sonst sollte seine Originalität liegen? Ich weiß es nicht.

Manchmal habe ich den Eindruck, dass gewisse Literaten sich sehr viel Mühe geben, einfache Dinge kompliziert zu machen. Oder dass Intellektuelle davon träumen, die Komplikation schlechthin zu verkörpern und prädestiniert zu sein, über sie zu reden; meiner Meinung nach schaffen sie damit nur Verwirrung in den Köpfen der Menschen.

Sie sprechen also absichtlich in Gemeinplätzen.

Nein, eigentlich weiß ich gar nicht, was ein Gemeinplatz überhaupt sein soll. Wenn ein Kind geboren wird, freust du dich, wenn jemand stirbt, bist du traurig: Ist das etwa mit Gemeinplatz gemeint? Das ist schlicht die Essenz des menschlichen Lebens.

Es sind klischeehafte Aussagen, die auf alle zutreffen.

Eben, auf alle. Wir alle sind die Gemeinplätze.

Wir leben die Gemeinplätze. Ich glaube, sie werden so genannt, weil wir alle in ihnen vorkommen.

Genau, weil dort die Allgemeinheit drin steckt. Ich hatte noch nie Angst davor, das Klischee zu leben. Ich weiß nicht, warum man die Gemeinplätze meiden sollte auf der Suche nach einer vorgeblichen Originalität. Nicht, dass ich Angst vor dem Besonderen hätte. Ich habe vielmehr Angst vor dieser Durchschnittsbanalität, nämlich dem inneren Zwang, originell zu sein. Wer banal ist, neigt immer dazu, originell sein zu wollen, er will sich produzieren, will verblüffen, auch auf stilistischer Ebene. Natürlich könnte ich auch hochkompliziert schreiben, kein Problem. Aber ich habe mich dagegen entschieden, weil ich niemanden verblüffen will und niemandem etwas beweisen muss.

Das ist nicht immer einfach, sehr oft muss ich mich bewusst zügeln. Ich könnte wunderbar abgehoben formulierte Texte verfassen, sei es auf der Ebene der Syntax, des Stils oder des Wortschatzes. Aber ich tue es nicht, weil ich mich damit nicht mehr mitteilen würde, nicht mehr für den Leser schriebe. Daher interessiert es mich nicht.

Was den Stil betrifft, war ich als Leser von Susanna Tamaro überrascht: GEH, WOHIN DEIN HERZ DICH TRÄGT *und danach* ANIMA MUNDI *sind in einem sehr einfachen Stil geschrieben, manchmal fast in der Manier eines Anfängers. Das hat mich streckenweise fast gestört, nicht etwa, weil ich an der Wirksamkeit der Methode zweifelte, sondern weil ich den Eindruck hatte, die Sätze seien wie zufällig nur so aufs Blatt geworfen. Als ich dann aber* LOVE *gelesen habe und dort eine höhere Ebene vorfand, war ich doch überzeugt, dass diese sprachliche „Erniedrigung" der anderen Werke gewollt und beabsichtigt war. Ist das Erzählen für Sie eine Frage des Stils oder der Kommunikation?*

Der Kommunikation. Natürlich spielt der Stil eine wichtige Rolle, da er das Gerüst dessen bildet, was du erzählst und wie du es erzählst. Ich könnte auch komplizierter schreiben, aber ich tue es nicht, weil ich mich entfernen würde, anstatt mich den Menschen zu nähern: Ich will mit ihnen kommunizieren, will ihre Emotionen wecken, weil ich glaube, dass es nicht viele gibt, die sich einen Weg ins Innere des anderen bahnen können.

Für mich ist Schreiben Kommunikation im angemessenen Ton. Wenn ich ein Buch schreibe, muss ich etwas zu sagen haben. Andernfalls, wenn die Kommunikation nicht funktioniert, entgleitet sie mir irgendwann, wird immer mühseliger. Ich schreibe und verbessere und schreibe, bis ich das Ganze nur noch hasse und es dann sein lasse, weil es mich nicht mehr interessiert und es nicht mehr ertragen kann.

Kommen wir nun ganz konkret auf einige der Gemeinplätze zu sprechen. Es gibt drei große Themen in Ihren Büchern: das Herz, die Generationen und die Kinder. Wenn ich mich nicht irre, sind das die drei Säulen Ihres Erzählens. Fangen wir beim Herzen an: Was bedeutet das Herz für Sie?

Das Herz ist das Zentrum unseres Lebens und unseres Geistes. Für mich ist das Herz der Sitz des Heiligen Geistes, ja sogar die Stimme des Heiligen Geistes. Der letzte Teil von Geh, wohin dein Herz dich trägt ist eine Einladung zum Gebet, ganz offensichtlich die Aufforderung, auf die Stimme des Heiligen Geistes zu hören: Geh, wohin dein Herz dich trägt bedeutet „Folge der Stimme des Heiligen Geistes". Und das bedeutet, in sich selbst hineinzuhorchen, um die eigene Berufung zu erkennen und ihr zu folgen.

Es heißt also nicht „Tu, was du willst?"

Ganz und gar nicht! Es heißt „Werde ruhig, schweige, und hör auf dein Herz". Das Ganze ist eine Vorbereitung darauf, zuzuhören und abzuwarten, bis der Geist zu dir spricht, und erst dann, wenn er spricht, darauf zu reagieren. Es ist also die Stimme des Heiligen Geistes. In der Bibel ist das Herz das Zentrum der Seele, das Licht im Schatten, und auch der Ort, wo das Böse erkannt und bekämpft wird. Probleme mit dem Herzen haben heißt auch, das Böse in sich zu erkennen und mit der Hilfe des Heiligen Geistes dagegen anzukämpfen. Meine

Bücher stellen Wege dar, sich dieser Phase anzunähern.

Zweites Thema. In all Ihren Büchern kommen verschiedene Generationen vor: Väter und Söhne, Großeltern und Enkel. Immer ist es ein konfliktreiches Verhältnis oder eines der Wiederannäherung oder des Nachdenkens darüber. Aus Ihren Worten von vorhin schließe ich, dass hier autobiographische Bezüge, eigene Erfahrungen verarbeitet sind. Geht es nur darum, oder steht auch wiederum die Notwendigkeit der Kommunikation dahinter?

Das Autobiographische spielt sicherlich eine Rolle. Aber genauso wichtig ist meine Überzeugung, dass die Verständigung zwischen den Generationen eine ebenso schwierige wie unverzichtbare Angelegenheit ist, denn erst das Anknüpfen an seine Vergangenheit und die Verbindung zu jener Zukunft, die in den Kindern lebt, macht die wahre Fülle des Lebens aus.

Die Eltern geben immer etwas weiter, sei es im Guten oder im Bösen. Von ihnen lernt man, auch ohne es zu wollen. Von schlechten Eltern lernt man das Gute, denn nicht immer sind die besten Eltern

die besten Lehrer. Dasselbe gilt für die Kinder. Es geht darum, immer auf seine Umgebung zu horchen und auch im Negativen das zu sehen, was es Gutes für die eigene Bildung tut. Jeder muss einmal seine Eltern hinter sich lassen. Ich bin auch überzeugt, dass man erwachsen ist, sobald man aufhört, nur zu reagieren. Bis zu einem gewissen Punkt ist das jeweilige Handeln nur eine Reaktion auf die Geschehnisse; doch irgendwann beginnt man, eigene Pläne zu schmieden und nach ihnen zu agieren. Das ist die entscheidende Phase der Lösung.

Es ist sehr wichtig, das richtige Maß an Reife zu finden, die mit dem Dialog und der Lösung einhergeht. Ich habe manchmal den Eindruck, dass viele Menschen im negativen Sinne an der Vergangenheit festkleben, in Konfrontation mit ihren Eltern, oder zumindest nicht im Frieden mit ihnen. Die Eltern meiner Generation hatten es ziemlich schwer: wie meine eigenen, zum Beispiel, die kurz nach dem Zweiten Weltkrieg sehr jung geheiratet haben, vielleicht auch, um den Spuren von Krieg und Tod zu entrinnen, die zumindest in unserer nach dem Krieg völlig verwüsteten Gegend allgegenwärtig waren.

Das kommt auch in meinen Büchern vor. In Love zum Beispiel ist davon die Rede, dass die Region durch Tausende, Millionen von Toten wie gelähmt ist: Eine Tatsache, die auch in den Menschen Spuren hinterlässt. Und ich denke, dass viele unserer Eltern geheiratet haben, um das Gefühl des Todes und der Endlichkeit loszuwerden, das ihre Jugend begleitete. Es waren sehr unreife und gleichzeitig sehr erfahrene Eltern mit vielen Problemen. Unter solchen Bedingungen gute Eltern zu sein, ist äußerst schwierig.

Vielleicht spielt bei der Generationenfrage noch eine andere Komponente eine Rolle, die sehr interessant in Bezug auf Ihre Bücher sein könnte, zum Beispiel Ihre jüdischen Wurzeln. Vor allem in Anima Mundi können wir sehen, dass die Söhne die Schuld der Väter bezahlen. Das führt dann auch zur Frage des Kommunismus, oder besser gesagt, zu der antikommunistischen Haltung, die man Ihnen vorgeworfen hat. Und es führt zu einem sehr problematischen Satz, den man Ihnen zugeschrieben hat und den ich noch einmal zitieren möchte: „Mit meinen Büchern beeinflusse ich Millionen von Wählerstimmen."

Ein Satz, den ich niemals gesagt habe. Er wurde mir in den Mund gelegt, aber ich habe ihn niemals gesagt.

Dennoch ist es eine interessante Fragestellung, ob und welche soziale Funktion dem Schriftsteller in der Gesellschaft zukommt. Zuerst möchte ich aber noch einmal darauf eingehen, dass Sie sich in Ihren Büchern immer davor hüten, mit der Geschichte als solcher abzurechnen, indem sie die Verurteilung des Kommunismus in eine Anklage gegen eine bestimmte Generation verwandeln. Das Problem des Kommunismus stellt sich dort als ein europäisches und weltweites Drama dar. Aber man kann auch die Überzeugung herauslesen, dass die Terroristen der Roten Brigaden die Nachkommen von, eben, Kommunisten waren und genauso derjenigen Antikommunisten, die dem Kommunismus keine wirklichen Ideale, sondern nur ihre Anständigkeit entgegenzusetzen hatten … So gesehen, schreiben Sie wahre Generationenromane und keine im weiteren Sinne historischen Romane.

Bei uns, die wir in unmittelbarer Nähe zu Jugoslawien wohnten, war der Kommunismus quasi greifbar, etwas, auf das man stieß, wenn man einkaufen ging. In Triest brauchte man zum Einkaufen eine Spezialerlaubnis, um in die „Zone B" zu gelangen, die nach dem Krieg unter jugoslawischer Verwaltung stand. Das war immer wie ein Sprung in eine andere, in eine graue Welt. Als Kind empfand ich diese Trostlosigkeit sehr stark. Es war eine Welt jenseits der Grenze, nicht nur im physischen Sinne.

In Triest und der Karstgegend östlich der Stadt ist der Hass gegen die Slawen und umgekehrt gegen die Italiener noch immer am Schwelen. Hass und Ärger sind an der Tagesordnung, liegen spürbar in der Luft und sind eine große Belastung für die Menschen dort. Aus geographischen Gründen wuchsen wir zwischen diesen Rauchschwaden von Hass und Tod auf, die eine große zerstörerische Macht ausüben. Es war, als lebe man in einer verseuchten Gegend, man sieht das Gift und atmet es ein. Selbst in den fünfziger und sechziger Jahren war der Krieg bei uns noch deutlich zu spüren.

Die Frage setzt dort an, führt dann aber weiter, weil der Kommunismus ja auch noch ein anderer als jener war …

Der Kommunismus war vielleicht deshalb so einschneidend, weil er die richtigen Ideale vertrat. Das kann niemand leugnen, aber in der Praxis hat auch jeder seine Gewalttätigkeiten und Abscheulichkeiten sehen können. Mich beeindruckt, wie lange der Mythos überlebt, der es verbietet, schlecht über den Kommunismus zu reden, selbst nach dem Fall der Berliner Mauer und angesichts der Blutbäder, die in seinem Namen angerichtet wurden.

Immer noch darf man nicht sagen, dass er eine schlechte Sache sei. Das finde ich erschreckend, ja sogar abscheulich: Es gab siebzig oder achtzig Millionen Tote, aber den Kommunismus darf man nicht anrühren. Oder man wird gleich zum Faschisten gestempelt.

Sind Sie Faschistin?
Nein, absolut nicht.

Ein anderer Vorwurf, den ich über Sie gelesen habe, lautet, dass die Dialoge, die Sie Walter und Andrea in Anima Mundi *in den Mund legen, ursprünglich von Julius Evola stammen, einem Philosophen, den man als Vater der Rechten kennt.*

Ich habe diese Passagen absichtlich eingebaut, um gewisse Linksintellektuelle auf den Arm zu nehmen. Gerade, weil Evola das absolute Schreckgespenst der Linken ist, zitiere ich den einen oder anderen Satz von ihm. Und tatsächlich hat ein Kritiker sofort evolianische Anklänge herausgehört. Sie stehen absichtlich dort, und alle sind drauf reingefallen.

Das dritte Thema kann man mit dem Satz zusammenfassen, den ich im ZAUBERKREIS *gefunden habe, wo Sie schreiben: „Kuscheltiere und Kinder darf man niemals belügen." Sie sprechen zu Kindern und über Kinder. Und Sie zögern nicht, diese Kinder verletzt, leidend und einsam darzustellen. Warum haben Kinder in Ihrem Schreiben eine so zentrale Bedeutung?*

Ich glaube, weil ich selbst als Kind sehr gelitten habe. Das gibt mir eine Vertrautheit mit den Kindern und die Fähigkeit, selbst hinter den unschuldigsten Gesichtern den Schmerz in ihrem Innern zu erkennen. Ich bin daran gewöhnt, sozusagen.

Außerdem bemerke ich bei den anderen Erwachsenen eine weit verbreitete Zerstreutheit gegenüber Kindern, die sehr schädlich ist. Wer sich nur mit den „großen" Dingen beschäftigt, entwickelt eine natürliche Brutalität gegenüber Kindern. Und damit meine ich nicht einmal die Psychopathen. Unter dem Deckmantel der Normalität ist häufig der Glaube versteckt, die Kindheit sei ein Alter, das man in einer Art und Weise verteidigen und beschützen müsse, die mir Angst einjagt.

Ich finde es schrecklich, dass diese armen Kinder alles haben und alles wissen müssen. Auch ich wuss— te mit sechs, dass es sowas wie Tod und Krieg gibt, aber ich musste dafür keine niedergemetzelten Menschenmassen sehen. Das sind Dinge, die die menschliche Seele intuitiv erfasst; außerdem führen solche Darstellungen auf Dauer zur Abstumpfung. Die heute verbreitete Vorstellung, die Kindheit sei ein Alter, das man beschützen müsse, indem man die Kinder mit allem möglichen überhäuft, ist sehr schädlich. Was fehlt, ist das Feingefühl, sie Stück für Stück wachsen zu lassen.

Eine Seite der Kindheit, die es früher nicht gab, beruht darauf, dass Kinder heute zu den Verbrauchern gerechnet werden. Sie sind sogar eine ganz wichtige Verbraucherschicht. Das hat alle normalen Beziehungen gesprengt, weil die Kinder durch den Einfluss, den sie auf die Eltern ausüben, eine enorme Kaufkraft besitzen. Sie führen sich auf wie kleine Herren und Damen, auch dem Äußeren nach: Die Grenze, die früher wie ein Schutzwall die Kindheit umgab, wird von Tag zu Tag dünner. Und das bringt eine große Verarmung mit sich. Denn in den Kindern herrscht die Einsamkeit, in jeder Hinsicht.

Vor kurzem erzählte mir eine Frau: „Als meine Tochter sechs Jahre alt war, habe ich ihr erklärt, dass es den Weihnachtsmann gar nicht gibt. Sie hat zwei Tage lang geweint." Warum musste sie es ihr überhaupt sagen? Früher oder später hätte das Kind es sowieso verstanden …

In diesen Dingen sollte zwischen Eltern und Kindern immer eine Art Komplizenschaft bestehen. Und irgendwann durchschaut man eben, wie die Dinge liegen. Heute hingegen herrscht diese Unart vor, Kinder sofort zu Großen zu machen. Doch auch, wenn sie schon Menschen sind, brauchen sie ihre Zeit zum Wachsen.

Noch eine andere Sache möchte ich in diesem Zusammenhang anfügen, die häufig übersehen wird. Bei Kindern habe ich einen überragenden Erfolg. Ich habe sehr viele kleine Leser. Daher kenne ich dieses Alter aus der direkten Anschauung. Sie schreiben mir, und ich treffe sie persönlich. Ganz offensichtlich sprechen meine Bücher auch Kinder an. Sie lesen sie nicht etwa, weil ich berühmt bin, oft wissen sie das gar nicht; am Anfang wissen sie noch nicht einmal, dass ich auch für Große schreibe. Und dennoch hat es etwas Beschämendes, wenn sie ihre Eltern fragen, ob sie LOVE lesen dürfen. Sie kommen nach Hause und sagen: Ich habe das andere gelesen, also will ich das auch lesen, es ist doch von derselben Autorin, oder? Mein letztes Buch, TOBIAS UND DER ENGEL, das von der Einsamkeit handelt, geht genau in diese Richtung.

Ich habe es noch nicht gelesen, nur Rezensionen, die zum Teil recht kritisch waren. Dem Tenor habe ich aber entnommen, dass viel davon auf Vorurteilen beruhte, ohne dass die Kritiker das Buch wirklich gelesen hatten.

Das ist ganz richtig. Die Gewissheit bekam ich bei ANIMA MUNDI, das an einem Montag um die Mittagszeit an die Rezensenten verschickt wurde, und am Dienstag morgen erschienen die Rezensionen. Alles vorher verfasste Artikel. Sie hatten schlicht und einfach nicht die Zeit, dreihundert

Seiten ernsthaft zu lesen. Wenn es nach ihnen gegangen wäre, hätte ich aus ANIMA MUNDI eine Art GEH, WOHIN DEIN HERZ DICH TRÄGT II gemacht, die Enkelin antwortet der Großmutter. Dann wäre alles nach ihren Plänen verlaufen. Stattdessen habe ich ein ganz anderes Buch geschrieben, das in gewisser Hinsicht die Leserschaft abschreckte, auf jeden Fall weniger „einfach" war als GEH, WOHIN DEIN HERZ DICH TRÄGT. Aber es ging mir nicht darum, noch einmal Millionen Exemplare zu verkaufen, sondern meinen Gedankengang fortzusetzen.

Noch etwas würde ich gerne wissen: Sie haben gesagt, Ihre Kritiker interessierten Sie nicht, da Sie Ihre Leser hätten. Können Sie das näher erläutern?

Ich mag Kritiker, die ihre Aufgabe ernst nehmen. Es gibt sogar Examensarbeiten, die über mich geschrieben werden. Mit einem ernsthaften Kritiker setze ich mich gern auseinander, weil ein guter Kritiker einem Schriftsteller wertvolle Anregungen geben kann. Claudio Magris zum Beispiel hat mir viele Hinweise gegeben, die mir geholfen haben, bestimmte Aspekte meiner selbst deutlicher zu sehen. Der Kritiker ergänzt den Schriftsteller. Ich finde es sehr gut, dass es so ist. Doch viele Rezensenten beschränken sich darauf, auf der Basis von Vorurteilen innerhalb weniger Zeilen den Autor fertig zu machen. Das ist nicht die hohe Kunst des Kritikertums. Die Kritik an sich ist äußerst wichtig. Beim Lesen von Rezensionen habe ich sehr viel über das Schreiben gelernt – ich meine, Rezensionen über andere Werke, nicht nur über meine eigenen. Aber eben nur, wenn das Niveau stimmt.

Kehren wir zu der sozialen Funktion des Schriftstellers zurück. In der gegenwärtigen Erzählliteratur ist der Gedanke recht verbreitet, dass man alles schreiben, beschreiben und darstellen könne, ohne dafür gegenüber dem Buch, dem Leser und der Welt verantwortlich zu sein. Die Verantwortung ist jedoch zusammen mit der Wahrheit und der Grausamkeit eines der entscheidenden Elemente Ihres Schreibens. Wenn man nun diese Feststellung neben den berühmten unausgesprochenen Satz über die Millionen von Wählerstimmen stellt, wie beurteilen Sie dann die soziale Funktion des Autors? Denken Sie selbst beim Schreiben daran, dass Sie gelesen werden und dass das Buch zu etwas gut sein soll?

Ja, natürlich. Das ist sehr wichtig. Wenn ich schreibe, bin ich mir durchaus der großen Verantwortung bewusst, die ich trage. Während meiner Arbeit an Love war ich sehr unsicher, weil es ein aufwühlendes Buch ist, ein starkes Buch. Und ich war überrascht, wie es einschlug. Ich glaube, ein Schriftsteller trägt eine sehr große Verantwortung, heute vielleicht mehr denn je, da heutzutage das Geschriebene der letzte Winkel ist, wo der Mensch mit sich alleine ist. Es wird wenig gelesen, aber das, was man liest, ist eine Begegnung mit sich selbst, die mit Gehalt gefüllt werden muss.

Jede Geschichte, die ich schreibe, hat ein wohl durchdachtes Ende. Ich habe eine klare Vorstellung davon, wo ich hin will und was ich den Menschen zu verstehen geben möchte. Ich habe immer ein Konzept im Kopf. Selbst wenn ich noch nicht genau weiß, wie die Geschichte sich entwickeln wird, ist mir doch klar, wo ich hin will und natürlich, wo ich meine Leser hinbekommen will. Zum Nachdenken. Die Tatsache, dass ich in den letzten Jahren Tausende von Briefen erhalten habe, lässt mich glauben, dass meine Pfeile ihr Ziel erreichen. Sonst würden meine Leser nicht in ihren Briefen ihre Reflexionen fortsetzen. Ich schreibe das Buch. Wenn ich es fertig habe, gärt es in anderen Menschen weiter, bis diese dann das Bedürfnis nach einer Äußerung verspüren, nach einer Begegnung. 2 $\mathcal{G}$

Viele schreiben auch, dass sie meine Bücher viele Male lesen; und auch das heißt doch, dass in ihnen etwas steckt, das gefunden werden will. Merkwürdig, dass mein Bild in der Öffentlichkeit das genaue Gegenteil besagt: eine, die Konsumliteratur schreibt. Wenn ein Buch sich wieder und wieder lesen lässt, bedeutet das, dass es nicht einfach konsumiert werden kann. Es ist ein Buch, das in den Alltag der Menschen Eingang findet.

Man kann natürlich auch Bücher zur reinen Unterhaltung schreiben. Doch bei all dieser Literatur des Negativen habe ich doch den Eindruck, dass die Autoren das Böse gar nicht kennen. Da werden doch nur äußere Visionen neu aufgelegt. Und bei aller Gewalt, von der sie reden, scheinen sie doch keine Vorstellung von der absoluten Macht des Bösen zu haben. Wer gleichgültig über das Böse redet, ist ein Dilettant, ein Analphabet des Bösen. Wenn du erst einmal erkannt hast, was sich dahinter verbirgt, jagt das Böse dir wirklich Angst ein.

Ein Thema, das in Ihren Büchern nur selten vor-
kommt, ist die Beziehung zwischen den Geschlechtern,
Liebesgeschichten, ob sie nun gut oder schlecht ausge-
hen. Und selbst wenn, wird von ihnen stets in der
Vergangenheit geredet, als Abwesende sozusagen. Sie
sind niemals etwas, das gerade geschieht. Ist das Zufall,
ist das Absicht, könnte das auch anders sein?

Wer weiß. Es stimmt, dieses Thema steht eher im
Hintergrund. Es hat mich nie besonders interessiert
oder gereizt, davon zu erzählen. Vielleicht liegen die
Gründe für diese Verweigerung in meiner Familien-
geschichte, vielleicht hängt es auch damit zusammen, dass ich selbst ein ziemlich negatives Liebes-
leben hatte, bis ich vor einigen Jahren völlig damit
abschloss.

Ich bin von Natur aus ein fast klösterlich lebender
Charakter, und die Mann-Frau-Beziehung interessiert mich daher nicht wirklich, vielleicht auch, weil
ich sie nie richtig ausgelebt habe. Auf jeden Fall
spüre ich nicht das Bedürfnis, darüber zu schreiben.
In meinen Büchern sind die Beziehungen zwischen
Mann und Frau immer verkümmert, negativ, unglücklich, voller Unverständnis und Sprachlosigkeit.
Aber sie kommen vor, und durchaus auch in ver-

schiedenen Formen: in Geh, wohin dein Herz dich trägt, in Anima Mundi (die Eltern von Walter). Doch auch wenn ich sie immer negativ und unerfüllt darstelle, will ich damit nicht sagen, dass die Beziehung zwischen Männern und Frauen nicht einen positiven Wert besäße.

Und dennoch müsste gerade ein so wichtiger Punkt positiv thematisiert werden, wenn man mit seiner Schriftstellerei die Menschen zum Nachdenken bringen möchte.

Es ist ja auch nicht gesagt, dass ich das nicht in Zukunft noch tun werde. Ich bin der festen Überzeugung, dass die Ehe ohne Glauben ein fürchterliches Gefängnis ist. Und genauso fest bin ich davon überzeugt, dass eine in ihrer ganzen Fülle gelebte Ehe ein Ort der Seligkeit ist, ein Weg der ständigen aber erfüllenden Anstrengung. Und ich bin überzeugt, dass nur wenige sich darüber im Klaren sind. Viele Menschen heiraten einfach so, ohne Vorbereitung und ohne jeglichen Sinn für den heiligen Charakter, der diesen Zustand so besonders macht.

Der gefühlsmäßige Analphabetismus ist weit verbreitet. Letztlich wird auch die Ehe als Konsumgut betrachtet. Es ist nicht mehr üblich, auf einen Menschen zu warten und mit ihm etwas aufzubauen, in dem Bewusstsein, dass dies nur unter Mühen und Schwierigkeiten möglich ist.

Stattdessen wird geheiratet, weil man in die Idee des Verliebtseins verliebt ist, und nach einem Jahr, wenn auch die körperliche Anziehung nachlässt, stellt man fest, dass der Mensch, den man geheiratet hat, nicht der ist, den man sich ersehnt hat, und alles ist vorbei. „Du bist nicht das, was ich gesucht habe" oder „Du bist nicht mehr das, was ich gesucht habe", denn der Traum der ewigen Liebe ist ausgeträumt. Man hat nicht mehr den Wunsch, sich gemeinsam etwas aufzubauen, etwas, das ganz langsam wachsen muss.

Die Ehe verlangt eine besondere Berufung. Ich hingegen bin zum Schreiben berufen, und das ist eine so starke Berufung, dass sie mit nichts anderem zu vereinbaren wäre. Ich habe mir klar gemacht, dass ich niemals eine eigene Familie aufbauen könnte, weil die Zeit, die meine kreative Arbeit in Anspruch nimmt – und das ist viel Zeit – mich von anderen Menschen fernhält. Um zu heiraten, hätte ich meinen Mitmenschen die permanente Zuwen-

Irrtum: übersteigerter Absolutheitsanspruch

dung garantieren müssen; die Schriftstellerei aber verlangt Phasen der Zurückgezogenheit, die unvereinbar mit einem Leben in der Ehe ist. Man kann eben nicht zwei Berufungen gleichzeitig folgen.

Theoretisches Ideal

Sie verstehen die Schriftstellerei also als eine Berufung, für die man einen bestimmten Preis zahlen muss. Aus dem, was Sie schreiben und sagen, könnte man schließen, dass Sie zum Beispiel gerne Kinder gehabt hätten.

Ja, ich bezahle meine Berufung mit einem Verzicht. Ich fühle mich sehr stark zu Kindern hingezogen, und ich lebe auch viel mit Kindern zusammen, weil in diesem Haus häufig Freunde mit ihren Kindern wohnen. Und ich habe einen ausgeprägten Mutterinstinkt. Doch irgendwann habe ich begriffen, dass es mir sehr schwer fiele, es wirklich gut zu machen, und dass ich eine sehr schlechte Mutter wäre. *Vorbild fehlt,*

Die Geschichte von den Schriftstellerkindern, die sich das Leben nehmen, ist nicht aus der Luft gegriffen. Es ist was Wahres dran: Frauen mit einer starken künstlerischen Ader haben häufig sehr unglückliche Kinder, da das zwei unvereinbare Welten sind.

Weil sie extrakind und in übersteigerten ichsezogenen Welten leben und

Wenn du Mutter bist, musst du einfach da sein und kannst nicht für drei Monate verschwinden, um zu schreiben. Ich verzichte schweren Herzens darauf, weil ich eine andere Berufung habe, der ich folgen muss. Auf mich wartet ein anderes Schicksal, bei dem ganz offensichtlich auch Gott eine Rolle spielt.

Als ich das endlich verstand, durchströmte mich ein Gefühl tiefen Friedens und erlöste mich von dem quälenden Zwiespalt zwischen den beiden Bedürfnissen, einerseits eine Familie zu gründen und andererseits diesem Impuls zu folgen, der für mich so stark wie eine Berufung war, und der mich dazu drängte, mich zu isolieren.

Wenn ich schreibe, betrete ich eine Welt, in der mich niemand erreichen kann, das ist einfach so. Wenn das nur ein einziges Mal im Leben passieren würde, ginge es ja noch. Aber da es regelmäßig wiederkehrt, ist es inkompatibel.

Ein weiterer Punkt: die Welt der Imagination. Von GEH, WOHIN DEIN HERZ DICH TRÄGT *gibt es einen Film, den ich nicht gesehen habe. Aber nach dem, was aus dem Trailer hervorging, hatte ich den Eindruck, dass er hauptsächlich von Gefühlen handelt.*

sich daran selbst berauschen.

Das war unvermeidlich, weil dieser Teil am leichtesten zu reproduzieren ist. Sie haben den Akzent auf den Generationenkonflikt gelegt und ein bisschen zu sehr auf die Gefühle. Die Sache mit dem Geliebten, die für mich absolut nebensächlich war, bekommt im Film eine zentrale Bedeutung.

Sie hatten auch Verbindungen zum Fernsehen.
Ja, ich habe mehrere Jahre für die RAI, das staatliche italienische Fernsehen, gearbeitet.

Und die Vorstellung, auch in der Sprache der Bilder zu sprechen, reizt Sie nicht?
Ich war versucht, aus ANIMA MUNDI einen Film zu machen; da ich ein Diplom als Regisseurin habe, wäre ich dazu durchaus in der Lage. Außerdem wäre es eine gute Möglichkeit, den Kreis meines Publikums zu erweitern. Aber es ist schwierig, einen Film zu drehen, aus vielen Gründen, und man muss viele Widerstände überwinden.

Haben Sie bestimmte Projekte für die Zukunft?
In Frühpension zu gehen. (*Lacht*). Zurzeit nicht, da gerade TOBIAS UND DER ENGEL erschienen ist und

ich mit dieser Veröffentlichung und der von ANIMA MUNDI für mich einen Schreibzyklus abgeschlossen habe. Alles tendiert zum Kreis: Jetzt ist sowohl der Kreis der Kinder als auch jener der Erwachsenen geschlossen. Ich muss eine neue Ebene finden, etwas Neues, von dem ich weder weiß, was es sein wird, noch wann es sein wird, noch wie.

Mich treibt es nicht zum Schreiben wie Moravia zum Beispiel, der sich an ein Tischchen setzte und losschrieb. Ich brauche eine sehr lange Vorbereitungsphase, in der das Projekt reifen muss, begleitet von Studien, Reflexionen, Lektüre, Notizen, Spaziergängen… das dauert seine Zeit.

Dann plötzlich bricht alles ab, und es folgt eine Phase in der Schwebe, während der ich gar nichts mache und mich sehr schwach fühle; wahrscheinlich ist das die Zeit, in der sich im Unterbewusstsein das Material vermischt und neu ordnet.

Danach bricht, ohne dass ich den Vorgang willentlich beeinflussen könnte, das Buch aus mir heraus. Und zwar erst dann, wenn es ganz fertig ist. Aber das alles hat nichts mit meinem Willen zu tun, und das macht es so schwierig, zu akzeptieren, dass man passiv bleiben muss. Ich kann alles Holz nachlegen und die Ofentür schließen, und dennoch habe ich keine Ahnung, wann das Feuer aufflammen wird. Faszinierend auf der einen Seite, diese Mechanismen der Schöpfung. Andererseits fällt es schwer, damit zu leben. Man muss sich ihnen einfach anvertrauen.

An TOBIAS UND DER ENGEL habe ich drei Jahre geschrieben. Ich habe drei- oder viermal angesetzt. Ich schreibe immer vierzig, fünfzig, sechzig Seiten und werfe sie dann in den Mülleimer, weil ich am Morgen aufgewacht bin und gemerkt habe, dass ich gar keine Lust zum Schreiben habe. Was bedeutet, dass es das nicht war, denn Schreiben ist für mich eine Emotion, ein Abenteuer, eine Entdeckung. Ich muss einfach jeden Morgen froh sein, an den Schreibtisch zu kommen.

Leider gibt es in jedem Buch auch langweilige Seiten, die geschrieben werden müssen, Übergänge zum Beispiel, aber im Großen und Ganzen überwiegt die Begeisterung. Wenn ich hingegen auf Seite sechzig merke, dass die Langeweile überwiegt, nehme ich das Ganze und werfe es weg. Das habe ich drei- oder viermal getan, bis ich mir gesagt habe: Es ist zu schwierig, zu schwierig und zu einfach, das schaffe ich nie. Zu der Zeit hatte ich gerade zehn, zwölf Gäste, und plötzlich hatte ich das ganze Buch wunderbar vor Augen: Ich habe mich hingesetzt und es in zehn Tagen heruntergeschrieben.

Wenn das Buch fertig ist, besteht die Arbeit praktisch nur noch in der Transkription. Das macht fast keine Mühe mehr, weil alles schon im Kopf passiert ist, genauso wie man es dann lesen wird.

Herzlichen Dank, Susanna Tamaro, dass Sie so bereitwillig Einblick in Ihr Leben und Schaffen gaben!

Über die Autorin

Susanna Tamaro, 1957 geboren, ist die erfolgreichste Schriftstellerin Italiens. Ihr Roman *Geh, wohin dein Herz dich trägt* wurde in über vierzig Sprachen übersetzt.

Quellenangabe

Den Essay „Das Unbekannte und das Geheimnis" trug Susanna Tamaro am 26. August 1999 in Rimini vor.

Der Text „Keine Farbe, sondern ein Licht" beruht auf einem Vortrag, den Susanna Tamaro am 2. Februar 1999 in San Giovanni in Laterano hielt.

Das Gespräch der Autorin mit dem italienischen Journalisten Guiseppe Romano erschien zuerst in *Studi Cattolici*, Heft Nr. 458/459 (April/Mai 1999).

Besuchen Sie uns im Internet:
www.knaur.de

Vollständige Taschenbuchausgabe 2002
Droemersche Verlagsanstalt Th. Knaur Nachf., München
Copyright © 2000 by Susanna Tamaro
Copyright © 2000 der deutschsprachigen Ausgabe bei
Pattloch Verlag GmbH & Co. KG, München
Alle Rechte vorbehalten. Das Werk darf – auch teilweise –
nur mit Genehmigung des Verlages wiedergegeben werden.
Gesamtgestaltung: Daniela Meyer, Pattloch Verlag
Umschlaggestaltung: ZERO Werbeagentur, München
Umschlagmotiv: Bavaria Bildagentur
Druck und Bindung: Clausen & Bosse, Leck
Printed in Germany
ISBN 3-426-61985-7

5 4 3 2 1